Charly Binder-Bauer

Kein Platz im Himmelreich

Der dritte Kleinmünchenkrimi

ISBN 978-3-902952-42-4

BayerVerlag, Wilhering

Gedruckt in OÖ bei Haider in Schönau

*Der Weidingerbach schlängelte sich wie seit
hunderten Jahren schon durch die Baumalleen.
Sein stetes Fließen begrüßte den Morgen,
munter plätscherte er an der ehemaligen Tuchfabrik
‚Himmelreich & Zwicker' vorbei.
Die sich zumeist an eben dieser Stelle versammelnden
Enten schnatterten aufgeregt.
Wie immer.
Und gehabten sich so, als ob sie dies alles nichts anginge.*

*Alles wäre wie immer,
läge da nicht ein Hindernis im sonst so gleichmäßig
gleitenden Bach.
Ein bewegungsloser Körper....*

Kleinmünchen, Linz, Provinz.

Ich bin in der Zwischenzeit in Kleinmünchen – und das sage ich jetzt nicht aus etwaig fehlgeleitetem Narzissmus oder pathologisch übertriebenem Selbstwertgefühl – zu einer lokalen Bekanntheit gelangt. Und das, obwohl ich schon meinen Lebtag lang einen – zugegebenermaßen – ziemlich banalen und unübertrefflich nichtssagenden Namen mit mir herumschleppe: Karl Bauer. Nun, weder Vor- noch Zunamen konnte ich mir – was wohl sogar dem Dümmsten klar sein dürfte – selbst aussuchen; nicht einmal eines zweiten Vornamens würdig haben mich meine Eltern erachtet.

Das soll jetzt aber nicht als Kritik an meinen Eltern verstanden werden, denn diese haben mir eine geordnete, beschauliche Jugend, eine profunde Ausbildung und ein beinahe unüberschaubares Erbe hinterlassen. Aber, auch wenn ich nichts geerbt hätte, hätte ich mich nicht zu beklagen. Und darüber hinaus würde ich, selbst wenn ich begründet zu klagen hätte, das nicht tun… Das ist so meine Art.

Egal. Mir ist mein Name, so wie er ist, trotzdem recht. Ich brauche eh keine siebenundfünfzig Adelstitel und wollte auch nie im Entferntesten mit der alten, pudelhaarigen, geschätzt dreieinhalb Milliarden schweren Herzogin Maria del Rosario Cayetana Alfonsa Victoria Eugenia Francisca Fitz James Stuart y de Silva tauschen. Im Nachhinein betrachtet bin ich – rein theoretisch – deswegen sogar froh, ist sie doch vor einigen Wochen verstorben. Und das, ohne mich in ihrem Testament zu bedenken; das hätte ich nun davon.

Ich rede jetzt schon das zweite Mal von Geld; das tue ich aber nicht, weil ich einerseits geldgierig oder andererseits so prahlerisch veranlagt wäre. Nein. Fernerhin weiß ohnedies absolut niemand, außer gerade Ihnen jetzt, dass ich nicht arm bin. Ich sage das nur, weil sich bestimmte Situationen meines

Lebens so besser verstehen und – zugegeben – leichter ertragen lassen.

Bekannt gemacht in Kleinmünchen hat mich das – etwas eigenartige – Verhalten zweier örtlicher Polizisten. Ich bin aber deswegen kein Polizistenhasser, das sei gleich einmal festgestellt; einzelne Damen und Herren vom Wachzimmers Kleinmünchen haben mir genau dies nämlich unterstellt! …das werde ich dann wohl später ein wenig näher erklären müssen.

Einige meiner Bekannten machen sich schon über mich lustig oder lästern über meinen Wohnsitz in Kleinmünchen. Sie meinen, was mir hierorts alles passiert ist, könnte mir anderenorts, zum Beispiel in St. Magdalena oder am Pfenning-, Römer-, Bauern-, Frein-, Frosch-, Au-, Gründ- oder Pöstlingberg, wo die Villen der Betuchten stehen, nicht passieren. Da würde bei einer Aufnahme der Personalien wegen Zickzackfahrens bereits die Angabe der Adresse Ehrfurcht auslösen und vor einer allfälligen Blutabnahme sowieso zurückschrecken lassen.

Es kommt bei einigen Bekannten überhaupt nicht gut an, weil ich in einer Sozialwohnung in der nicht gerade gut beleumundeten Karl Steigerstraße wohne; ich nehme da – wird bemäkelt – sozial bedürftigen Menschen leistbaren Wohnraum weg, ich könne mir doch locker etwas anderes leisten. Im Speckgürtel zum Beispiel. Ja, könnte ich, aber meine Frau und ich wollen hier nicht weg. Das ist so!

Und die vielen Jugos, Serben, Bosniaken, Kroaten, Slowenen, Polen, Ungarn, Slowaken, Tschechen, Albaner, Kosovaren, Montenegriner, Mazedonier, Moldawier, Herzegowinaer, Rumänen, Bulgaren, Weißrussen, Tschetschenen, Georgier, Aserbaidschaner, Afghanen, Turkmenen, Usbeken, Esten, Letten, Litauer, Ukrainer, Russen, Armenier, Iraner, Iraker,

Marokkaner, Syrer und neuerdings auch Türken, überwiegend aus der Region Anatolien?

Sagen Sie, sind Sie leicht ausländerfeindlich? Was soll mit denen denn schon sein? Uns stören die Nachbarn nicht. Und wären nur alle österreichischen Mitbewohner auch so angenehm und rücksichtsvoll wie die türkische, die serbische, die bosniakische und die tschetschenische Familie im Haus, dann hätten wir überhaupt keinen Grund zu meckern.

Aber die brauchen doch viel mehr Wasser, weil diese Familien doppelt so groß sind und das kostet doch alle Parteien mehr, weil das Wasser, der Kanal und der Müll auf die Wohnfläche umgerechnet werden und nicht aufgrund der Abgabemenge? Und im Stiegenhaus und im Keller brauchen sie auch mehr Licht, weil sie dort ihre Hühner züchten, und mit dem Lift fahren die Kinder doch auch viel öfter auf und ab, weil sie sonst nichts zum Spielen haben, das kostet doch Strom, den alle bezahlen müssen, oder vielleicht nicht? Und man muss auch im Stiegenhaus viel mehr und öfter lüften, weil…

„Bei uns züchtet niemand Hühner im Keller, Schafe am Balkon oder Schweine in der Badewanne. Das ist blödes Gerede! Wer“, frage ich dann zurück, „glaubt ihr, nimmt sich jedes Mal ein Einkaufswagerl vom EUROSPAR mit und lässt es dann vor der Haustür oder im Kinderwagenraum stehen, schmeißt die Werbung einfach auf den Boden, schüttet den Müll neben die Tonne und ist zu blöd zum Mülltrennen? Wer lässt den Motor seines Autos stundenlang vor dem Hauseingang laufen? Wer kotzt regelmäßig ins Stiegenhaus oder gar in den Lift? Es ist traurig, am liebsten würde ich mir die Antwort ersparen: aber das sind in unserem Haus zufällig nur Inländer!“

Und dann gibt es noch – so genannte gute – Freunde, nämlich solche, welche nebst einer Wohnung in Urfahr oder in

Scharlinz einen Bungalow im Mühlviertel ihr Eigen nennen oder einen Wohnwagen mit Vorzelt samt aufblasbarem Schlauchboot am Attersee besitzen, die haben noch nicht gemerkt, dass ich dieser Frage längst überdrüssig bin. Dennoch fragen mich Einzelne – allerdings nur mehr fallweise – spöttisch nach Kleinmünchen. Gerade so, als ob hier gerade die Pest, Cholera oder neuerdings Ebola und Vogel- oder Schweinegrippe, oder alle fünf gleichzeitig wüten würden.

Kleinmünchen? Wo soll denn das sein? Noch nie gehört! Ach so, von mir schon? Welche Frage ist das, bitte?! Das ist ein im Jahr 1923 zu Linz eingemeindeter Vorort im Süden der Stadt. Dieses Linz, von dem hier gesprochen wird, liegt aber nicht am schönen Rhein, denn dieses hat gerade einmal sechstausend Einwohner, während das Linz, das ich meine, an die zweihunderttausend hat und an der blauen Donau liegt; was immer man da auch mit blau meint. Aber es gibt einen weiteren gravierenden Unterschied: in Linz am Rhein gibt es Weinbauern, in Linz an der Donau nur Weintrinker. Und die Weintrinker in unserem Linz werden gern auf den lieblichen, picksüßen Wein aus Linz am Rhein verzichten. Denen scheint der Hesperidenessig vom KONSUM vermutlich süffiger.

Ich behaupte: ganz Europa inklusive der gesamten westlichen Hemisphäre zuzüglich jedes ortsansässigen Kindes ab der zweiten Schulstufe weiß, wo Kleinmünchen liegt und was es bedeutet, hier zu wohnen. Also kurz die Fakten: 266 m über Adria, Größe: 12,72 km², nördliche Breite 48 Grad, 15 Minuten und 12 Sekunden und östliche Länge 14 Grad, 18 Minuten und 42 Sekunden. Kleinmünchen liegt im Süden des Stadtzentrums, direkt am linken Ufer der Traun.

Darüber hinaus befindet sich im Garten des Hauses Julius-Wimmerstraße 11 ein inoffiziell als Weltmittelpunkt bezeichneter Pyramidenstumpf, auf dem die Inschrift zu lesen ist:

ÖSTLICHER ENDPUNKT DER IM JAHRE 1881 GEMESSENEN GRUNDLINIE. Nicht zufällig singt man in unserer zuletzt so kläglich – wegen der Söhne und Töchter – missstalteten Bundeshymne: „Liegst dem Erdteil Du inmitten…“. Das bezieht sich auf Kleinmünchen, das nur so nebenbei.

*

Auf eine Präzisierung, was es bedeutet, hier zu wohnen beziehungsweise hier wohnen zu dürfen respektive dies tun zu müssen, sollte man eigentlich noch eigens eingehen. Das aber würde den Rahmen dieses Druckwerkes sprengen; außerdem gibt es zu diesem Thema schon zahlreiche Studien und sogar Dissertationen. Nur eines sei hier ein wenig traurig offenbart: die Kleinmünchner kommen in keiner davon unbedingt vorteilhaft davon.

*

Ach so, Sie kennen Linz auch nicht oder nicht besonders gut und haben von Linz noch nichts oder erst wenig gehört? Also: Linz liegt an der Donau, nach den vorhin erörterten Tatsachen folglich auch an der Traun und ist die Hauptstadt von Oberösterreich, einem der neun Bundesländer Österreichs.

Ich wundere mich jetzt schon ein wenig. Sie haben über ‚Linz09’ nichts gehört? Bestimmt nicht? Sie sind also nicht wirklich kunstsinnig?! Gut. Es ist zu respektieren, dass es Leute gibt, denen Kultur und Kunst nichts oder nur wenig bedeutet. Keine Sorge, machen Sie sich da nichts draus, solche Leute gibt es überall; man ist ja nicht dumm oder gleich kriminell deswegen. Außerdem ist genau das meistens eine Frage des Elternhauses und der von den Eltern ausgewählten

Fernsehprogramme und Videospiele; wenn Sie verstehen, was ich meine.

Also bitte: Linz war Kulturhauptstadt Europas im Jahr zweitausendneun; gemeinsam mit der Hauptstadt von Litauen, Vilnius. Sie haben – vermutlich – auch noch nichts über LD gehört? Linz – Donawitz? Die VÖEST? Nein wirklich? Gibt es fast gar nicht! Mit dem medienbegehrlichen Chief Executive Officer? Ja, dem Gott-ist-bei-uns-Wolfgang? Der – angeblich – seinen Vorgänger durch die Preisgabe von Interna wegen eines moralisch verwerflichen Aktienkaufes mehr oder weniger elegant abgesägt hat? Oder zumindest dazu beigetragen hat. Sagt man. Das habe nicht ich erfunden, nur in der Werkskantine der Instandhaltung aufgeschnappt. Und der ist jetzt der Präsident des Weltschrottundkoksdingsbummsverbandes? Den sieht man doch ständig im Fernsehen oder er spricht beinahe täglich über die Zeitung zu uns; unausweichlich.

Noch nie gehört? Dem sein Gejammer wegen der billigen amerikanischen Energiepreise und der hierorts vernachlässigten Infrastruktur verhält sich genau reziprok zu seinen fallenden Aktienkursen und geht – seien wir uns doch ehrlich! – unsereins und sonst allen anderen schon ziemlich auf den Socken!

Das Beste kommt noch! Der hat sich gerade jetzt, weil das Frackinggas dort so billig ist, mitten im Land der Indianer und Cowboys ein Pelletwerk gebaut, bei dem er nur dann tatsächlich Gewinn einfährt, wenn er 92,5 Prozent seiner Pellets gleich dort drüben wieder verhökern kann. Kann er aber nicht.

Und zudem bieten die Russen die gleiche Qualität gerade um – sage und schreibe – achtundzwanzig – in Zahlen: 28 – Prozent billiger an.

Dabei weiß er immer noch nicht, was er mit seinen Kokerei-, Sinterei- und Hochofenarbeitern anstellen soll und die können sich nicht so einfach – pfffft – in Luft auflösen. Und die Frage ist auch, wo er dann so viel Strom günstig herkriegt. Der Mann ist – aktientechnisch – ein Risikopapier; so rasch als möglich verkaufen, würde der Insider sagen.

*

Sie sind Tischler, Bodenleger, Verkäufer, Friseur, Papierhändler, Lastwagenfahrer, Bademeister, selbsternannter Vermögens- oder Unternehmensberater, Copyshopinhaber, Solariumbetreiber, Lobbyist, Versicherungsvertreter oder gar arbeitslos? Nein? Gar Mitglied bei den Unaussprechlichen?

Sicher aber auch kein Beschäftigter in der Eisen- und Stahlindustrie; ein Werkzeugmacher zum Beispiel, oder Schlosser, Dreher, Betriebselektriker, Schweißer, Schmied, noch viel weniger ein biederer Werkmeister! Sonst wüssten Sie vom LD-Verfahren und würden den Wolfgang kennen! Der hat das zwar auch nicht erfunden, aber er tut gerade so. Wenn Sie das alles nicht wissen, dann könnte das in Linz ein bereits uneinholbarer Bildungsnachteil sein.

Aber bitte! Das LD-Verfahren ist doch das weltweit modernste Verfahren, um Stahl zu erzeugen; dabei kann man Schrott einsetzen. Bei diesem Verfahren wird in das im LD-Tiegel befindliche Roheisen mitsamt dem zugesetzten Schrott mittels Lanzen Sauerstoff eingeblasen und damit der überflüssige Kohlenstoff auf ein gewünschtes Maß reduziert. Man weiß ja: Stahl brennt bei Temperaturen über sechzehnhundert Grad im Sauerstoff. Man erreicht dadurch, dass der Stahl elastisch wird, hart und/oder zäh. Zu viel Kohlenstoff macht – und dieses Wissen wird hierorts bereits mit der Muttermilch weitergegeben – den Stahl spröde. Genau das will man nicht.

In so einem LD-Tiegel befindet sich – wie bei einem Handwaschbecken – ein Abfluss und in diesem drinnen steckt wie ein Stöpsel die Stopfenstange, ganz oben auf diesen sind die Stopfenstangenbügeln draufgeschraubt. Wenn man diese Stopfenstange herauszieht, rinnt der flüssige Stahl in Kokillen oder in die Stranggussanlage.

Dieses LD-Verfahren hat die Stahlerzeugung revolutioniert, denn früher gab es gerade einmal das Thomas- und das Siemens-Martin-Verfahren, das…; ach, was erzähle ich das einem Gärtner, Bodenverleger oder Schreibtischfritzen?

*

Österreich kennen Sie aber schon? Naja? Sie kennen aber sicher die grandiosen Komponisten Wolfgang Amadeus Mozart und Anton Bruckner, die Erfinder Viktor Kaplan, Josef Madersperger und Peter Mitterhofer, den Astronomen und Lehrer Johannes Kepler. Dann einige, die steuerschonend in die Schweiz übersiedelt sind, zum Beispiel den Watschenausteiler und Extremsportler Felix B., der sich an einer Blechdose fast deppert gestoßen hat, Peter Alexander, Hansi Hinterseer, DJ Ötzi und Andreas Gabalier? Oder die Ulknudel Andy B., der vollkommen traumatisiert wegen seines Rausschmisses vom Volksmusikzirkus in der Gegend herumläuft wie ein Hendl, dem man den Kopf abgehackt hat?

Dann wären da noch der halb abgesandelte Alles-und-das-immer-besser-Wisser Christoph, der skurrile Todesstrafenforderer Fränk mitsamt seiner Komödienschnepfe, der ersten und einzigen parteilosen Klubobfrau dieses Kontinents, oder gar unser pfannenschwingender Landespepi?

Keinesfalls vergessen darf man den Geschäftsführer der Parteistiftung OHWEH 32+4, Finanzgenie MMag. Bausparvertrag, dann den angeblich angesoffen verunglückten, mannstollen Säulenheiligen der Bienenzüchter und Spekulanten, den Lebensmenschen Jörg, die Maler Otto Mühl, Hermann Nitsch und den Weiberer Christian-Ludwig, Ex-Wettergockel ‚Ich bin's, der Carl-Michael B.', den Vorzeigesportler Franz Klammer, die Putin-Schleimer Karl Sch. und Siegfried W., dem jüngst ein Megadeal zulasten der ÖIAG und zugunsten seiner Russenmafia wegen übertriebenen Verwegenheit von der Schaufel rutschte, die Spitzensportler Niki Lauda und Dimi Dimoff und den Anchorman und ‚Das-war-nicht-meine-Frage'-Fernsehsprecher Armin W., Prater, Riesenrad, Wörthersee, Hypo-Alpe-Adria, Donauwalzer, Sissi, Kaiser Franz Joseph, Wiener Schnitzel, Ischler Krapferl, Linzertorte, Chonchita W.?

Ach, jetzt funkt es? War ja klar! Was? Erst bei der Wurst?

In Kleinmünchen kennt man zahlreiche – neben neuerdings meiner Wenigkeit – über die Grenzen unseres Stadtteils hinaus bekannte Local-Heroes; zum Beispiel die Schauspielerin Gerlinde Locker, den Landeskulturpreisträger Robert Mittringer, den Prominentenarzt DDr. Karl Fellinger, den Fußballstar Heribert Trubrig, das Handballtormannwunder Robert Schallek, den genialen Maler Julius Evangelist Wasserholtz, die Musikgruppe French Connection und den in Kleinmünchen geborenen und hier im Arbeiterheim Kleinmünchen von der Wirtsfamilie Zangerle zum Kellner ausgebildeten und sozialisierten Promiwirt und Cocktailweltmeister Rainer Husar. Dann gibt es noch Barbara Hinterleitner, die legendäre Autorin des inzwischen längst vergriffenen Kleinmünchner Geschichtsklassikers „Kleinmünchen 75 Jahre bei Linz".

Ihren Vater – denke ich – muss man, obwohl sich der Gockel das sicherlich aus vollstem Herzen wünschen würde, nicht extra erwähnen, obwohl er zwei Mundartbändchen in – man höre und staune – phonetischer Schreibweise herausgegeben hat. ‚leichd zum meaggn' und ‚in da sahara schdaubds aaa…'. Aber Mundartdichter haben wir hierorts ohnedies zuhauf, man könnte beinahe sagen, zum Schw……….. Ach was, man weiß eh: wer nicht ordentlich Deutsch kann, wird Mundartdichter.

Ich selbst verdanke meinen Bekanntheitsgrad nicht der Tatsache, dass ich ein begnadeter Schriftsteller, epochaler Denker, christliches Vorbild, bahnbrechender Erfinder, großartiger Komponist, herzschmelzender Sänger, hinreißender Schauspieler, pulitzerpreisverdächtiger Journalist, erstrangiger Dirigent, bewundernswerter Maler, erfolgreicher, charismatischer Politiker, sozialer Arbeitgeber, aufopfernder Arzt oder höchst erfolgreicher Sportler wäre, sondern lediglich der Aufmerksamkeit und beharrlichen Verfolgung – man könnte es auch Stalking nennen – durch den Polizeioffizier ‚Udo' Erich J. Moser vom Wachzimmer Kleinmünchen, versteckt hinter den undurchsichtigen, staubtrockenen und uns Normalbürgern nichts sagenden Fachausdrücken ‚Predictive Policing', ‚Herzblatt-Verhör' und ‚Data Mining'.

Sie wissen natürlich, was Udo heißt? Nein? **U**nser **d**ümmster **O**ffizier, polizeisprachlich. Das steht sogar im Internet. Das habe nicht ich erfunden, das kommt von den Kollegen selbst. Die haben offenbar mehrere von dieser Sorte.

Dieser Offizier Moser hatte es im Zusammenspiel mit dem ihm unterstellten und nicht weniger kreativen Polizisten G. Hartl innerhalb nur weniger Monate geschafft, mich in Zusammenhang mit Brandlegungen, Handtaschenraub, Bilderdiebstahl, Bankraub, Mord, Widerstand gegen die Staatsgewalt, und dem dazu vergleichsweise harmlosen angesoffenen Fahren und Autorowdytum zu bringen. Ich kenne das Wachzimmer Kleinmünchen inzwischen, obwohl mir nie etwas daran lag, in- und auswendig, bis in den letzten Winkel, inklusive jedes Schraubens des Lüftungsgitters in der Ausnüchterungszelle; und erst recht den Verhörraum, den sie – vermutlich – extra wegen mir adaptiert und rundum mit Einwegspiegeln ausgestattet haben. So einen Spiegel kennen nur echte Knackis und Insider, wie ich es zwischenzeitlich geworden bin. Dieser Einwegspiegel wird auch venezianischer, Spion- oder Polizeispiegel genannt und zeichnet sich dadurch aus, dass man von einer Seite beobachten kann, was auf der anderen Seite passiert, während man von dort nur sein Spiegelbild sieht. Ich persönlich nenne ihn aus meiner inzwischen leidvollen Erfahrung geringschätzig Spannerspiegel.

An mir hängen geblieben ist dann – nicht zuletzt wegen der grandiosen Unterstützung des exzellenten Strafverteidigers Dr. Buchinger – nichts!

Richtiger formuliert: relativ nichts. Das heißt, ein behauptetes und letztlich abgestraftes Zickzackfahren hätte ich, um es erfolgreich abzuwenden, beeinspruchen müssen, was ich aber nicht tat. Obwohl ich wirklich unschuldig war. Das hätte ich sogar locker beweisen können, weil an der Stelle, an der ich angeblich zickzack gefahren bin, gab es gerade einmal eine Fahrspur mit links und rechts maximal fünfzehn bis zwanzig Zentimeter Abstand zu geparkten Autos und zu einer Hausmauer. Wenn ich da tatsächlich zickzack gefahren wäre, dann hätte es ganz schön gekracht; und das gleich mehrmals. Mittels eines maximal zwei Sekunden dauernden Blickes mit Hilfe von Google Earth hätte das zweifelsfrei geklärt werden können. Ich hatte mir diese Arbeit gemacht und nachgeschaut; Josef-Denk-Straße 42, direkt vor dem Haus des Rauchfangkehrermeisters Gerhard F. Das stimmt wirklich!

Egal. Da bezahlte ich lieber die fünfundvierzig Euro zuzüglich vierfünfzig Bearbeitungsgebühr. Das ist mir komplett Chonchita. In der Hoffnung, daraufhin vor den zwei vorhin genannten – mit ziemlicher Sicherheit unter Verfolgungswahn oder einer anderen, leider nicht schmerzhaften Krankheit leidenden – Polizisten endlich Ruhe zu finden, habe ich auch dem Polizeisportverein, Sparte Sportkegeln gleich noch hundertdreiunddreißig Euro Spende überwiesen.

Und weil ich mich einmal gegenüber Offizier Moser wegen des auffälligen Verhaltens des Polizisten G. Hartl – mehr oder weniger – indirekt negativ geäußert habe, gab es gleich – um nichts anbrennen zu lassen und allfällige Kritik ein für alle Mal auszuräumen – von diesem initiiert ein klärendes Evaluierungsgespräch.

Bei diesem hat doch dieser – Entschuldigung – Vollkoffer von Hartl dann gesagt: „Wissen Sie Herr Bauer, meine Mutter."

Ich: „Ihre Mutter?"

„Ja, meine Mutter. Die hat mich ordentlich erzogen. Die ist Zeugin. Dass ich nicht lüge und immer höflich bin. Genau so wurde ich erzogen. Und wenn Sie jetzt da behaupten, ich habe mich unpassend verhalten, dann geht das indirekt gegen meine Mutter."

„Kenne ich Ihre Mutter?"

„Nein. Wahrscheinlich nicht. Das weiß ich nicht."

„Ist sie da?"

Offizier Moser: „Das spielt doch jetzt keine Rolle."

Hartl: „Nein, sie ist nicht da. Wozu denn leicht? Aber das ist eindeutig ein ungerechtfertigter Angriff gegen meine Mutter, das ist sozusagen Paragraph 111 Strafgesetzbuch, wenn Sie es genau wissen wollen, ‚Üble Nachrede', das lasse ich nicht zu."

„Wurde das protokolliert?"

„Nein. Wozu denn auch?"

„Da habe ich jetzt aber ein Mordspech."

„Wieso?"

„Na ja, weil meine Mutter schon gestorben ist. Weil die hat mich auch ordentlich erzogen."

„Sagen Sie!“

„Nein, das hat meine Mutter gesagt, die war echt stolz auf mich. Ja. Aber ganz egal, da steht eh Aussage gegen Aussage.“

„Aber mir wird mehr geglaubt.“

„Richten Sie – bitte – Ihrer Mutter aus, dass es gut war, dass sie Sie zu einem so höflichen Menschen erzogen hat, der auch niemals nicht lügt. Aber sagen Sie ihr – bitte – auch, dass es vielleicht doch besser gewesen wäre, sie hätte mehr darauf geachtet, dass ihr Bübchen ein wenig pfiffiger würde.“

„Was, wollen Sie damit sagen? Wollen Sie leicht damit sagen, dass ich…“

Ich konnte mich nicht mehr halten und fiel ihm ins Wort: „Schluss jetzt, genug evaluiert.“

*

Neuerdings habe ich – durch puren Zufall – in der Sauna erfahren, dass Offizier Moser von der übergeordneten Dienststelle eine Versetzung angekündigt bekam. Eigentlich tut mir das leid, ich hatte mich schon so auf die Reibereien mit Moser eingestellt und irgendwie, fürchte ich, könnten mir diese kleinen Erfolgserlebnisse in Zukunft vielleicht abgehen.

*

Dass ich in Kleinmünchen seit kurzer Zeit eine – schier unüberschaubare – Vielzahl von selbsternannten Freunden und Bekannten, die ich vorher noch gar nicht kannte, habe und regelmäßig auf der Straße von – mir wildfremden – Leuten gegrüßt und fallweise sogar angesprochen werde, ist allerdings nicht unbedingt von Nutzen; ich bin da nämlich auch schon mehrmals angeschnorrt oder als Mitzahler zu Lottorunden mit Gewinngarantie eingeladen worden.

Zu allem Überdruss wurde ich neuerdings gleich von mehreren windigen Vermögens- und Unternehmensberatern wegen eines Termins angerufen; mit unterdrückter Nummer. Um ein Erfolgsprodukt vorstellen zu können, welches ‚tausendpro' mindestens achtzehnkommazweiunddreißig garantierte Prozent im Jahr bringt. Und das ist bei diesen schlechten Zinsen jetzt gerade – und wohlgemerkt, es könnten sogar noch Negativzinsen daherkommen – auf alle Fälle überlegenswert. Das Produkt wäre mir förmlich auf den Leib geschneidert.

Grundsätzlich sage ich bei solchen Gelegenheiten, ich hätte mit meiner Frau vereinbart, solche ‚Produkte' nur gemeinsam mit ihr zu ordern. Aber sie drängt darauf, ich solle mit Leuten, die ihre Telefonnummer unterdrücken, überhaupt nicht sprechen. Denn diese – und das stimmt wirklich – führen immer etwas Böses im Schilde. Nur, es geht mir – auch wenn meine Frau dazu nichts gesagt hätte – sowieso schon längst auf den Zeiger, wenn mich vermehrt Leute mit unterdrückter Telefonnummer anrufen, um mir ungefragt ihre wohlmeinenden Ratschläge oder Geschäftsideen anzudrehen.

Meistens hebe ich gar nicht mehr ab. Ist jedoch einer aus diesen Kreisen beharrlich und lässt mir keine Ruhe und ich halte es nicht mehr aus, neben dem schrillen Telefonläuten still zu sitzen und hebe letztlich genervt ab, dann sage ich dem Anrufer brühwarm, ich besäße sowieso genug Geld und bräuchte keines mehr, weil ich ohnedies keine Erben hätte und alles dem Tierheim, der Pfarre St. Quirinus und dem Haus für ledige Mütter vererben würde. Das sitzt dann!

*

Der Apotheker.

Der nette, freundliche, überaus sympathische Apotheker Mag. Dieter O., über dessen Intervention und auf dessen ausdrücklichen Wunsch ich – wenn Sie sich noch erinnern können – Mitglied des Präsidiums des Vereins „Rettet das Löwenfeldhaus“ geworden bin, ist in letzter Zeit – habe ich zumindest den Eindruck – auch nicht mehr gut auf mich zu sprechen.

Er lässt sich das aber nicht anmerken. Betont – richtiger formuliert: überbetont – freundlich bedient er mich oder, wie ich mir einbilde, verschwindet er, wenn er meiner Nase ansichtig wird, hinter einer Ecke in sein Büro und lässt sich die folgende halbe Stunde nicht mehr blicken.

Ich habe ihm nichts getan! Auch war ich niemals nicht auch nur eine einzige Sekunde ihm gegenüber unhöflich oder respektlos. Aber offenbar hat er – sogar irgendwie leicht verständlich – die Nase voll, von seinen Kunden immer wieder gefragt zu werden, warum er damals als Verdächtigter in Handschellen vor den Augen seiner zahlreichen Mitarbeiterinnen – er duldet scheinbar keine Männer in seiner Gegenwart – aus seiner wunderschönen, schmucken, gepflegten Apotheke heraus abgeführt und im Wachzimmer Kleinmünchen vorgeführt wurde. In Handschellen! Und das als erfolgreicher, beliebter Apotheker!?

Und irgendwie hat er sich das auf seine Bekanntschaft mit mir zusammengereimt; ohne diese wäre ihm das alles nicht passiert. Ich verstehe das sogar. Irgendwie. Und ich erkläre hier ein für alle Mal ganz klar und deutlich: es ist nicht das kleinste und feinste Härchen Verdacht auf ihm zurückgeblieben. Er war und ist erwiesenermaßen – wie übrigens ich auch! – zu tausend Prozent unschuldig, zu tausend Prozent!

Schuld an dieser missliebigen Aktion war einmal mehr der übereifrige, ehrgeizige, inkompetente, krampfhaft und blindwütig um jeden Preis einen Schuldigen suchende Offizier Erich J. Moser vom Wachzimmer Kleinmünchen. Sie kennen das Lied von der Hobelbank, ja?

*

Sei es wie es sei. Ich hoffe auf bessere Tage und dass der Herr Apotheker einsieht, dass ich in Wirklichkeit an seiner misslichen Situation vollkommen unschuldig bin. Und zudem ein überzeugter Fan von ihm!

*

Jeder braucht einen guten Anwalt.

„Kanzlei Dr. Buchinger, bitte?“

„Karl Bauer hier. Darf ich bitte mit Herrn Dr. Buchinger sprechen. Hat er Zeit?“

„Für Sie, Herr Bauer, bin ich mir sicher, hat er immer Zeit. Moment bitte, ich verbinde.“

„Buchinger, Grüssi Herr Bauer.“

„Grüssi Herr Doktor, haben Sie ein wenig Zeit für mich?“

„Selbstverständlich. Sagen Sie bloß, Sie haben wieder einmal Schwierigkeiten?“

„Naja.“

„Nein oder ja?“

„Mehr oder weniger.“

„Wissen Sie, Herr Bauer, was das bei Ihnen bedeutet?“

„Ja, natürlich. Und heute habe ich gleich zwei Fälle.“

„Pchch!“

„Entschuldigen Sie bitte, ich habe Sie jetzt gar nicht verstanden, was sagten Sie?“

„Ich habe nur ausgeatmet.“

In der Zwischenzeit hatten Dr. Buchinger und ich ein gutes, vertrautes, persönliches Verhältnis. Dass ich ein guter, zahlungskräftiger Klient bin, wie ihn sich jeder andere Anwalt auch wünscht, sage ich nur en passant. Ich habe aber den Eindruck, dass er mich mag. Er sagte einmal so nebenbei, dass ihm meine heitere, erfrischende, unkonventionelle Art zusagen würde. Ich müsse allerdings aufpassen, ermahnte er mich, dass ich nicht wirklich einmal straffällig würde, weil da könne er mir vielleicht nicht mehr so leicht helfen.

„Wissen Sie, Herr Doktor, ich war jetzt zwei Wochen in Villamura, das ist in Portugal, an der Algarve. Ein Fischerdorf; das heißt, das war früher einmal ein Fischerdorf, jetzt ist es ein Bettenbunker, und leider noch ein Stück zu weit entfernt von diesen wunderschönen, steil abfallenden Felsen am Atlantik.

Ein Touristenkaff. Schrecklich. Und das Wasser eiskalt. Und siebzig Prozent der Touristen sind diese – Entschuldigung! – unmöglichen Engländer. Die haben allerdings den Vorteil, dass man sie schon von weitem ausmachen kann. Am Badestrand genauso wie auf der Straße. Am Strand liegen sie nebeneinander, leuchtend roter Körper neben leuchtend rotem Körper. Und am Abend, insofern man sie nicht ohnedies am Grölen erkennt, gehen sie ohne Shirt, weil sie logischerweise vom Nachmittag so einen Sonnenbrand haben, dass sie sich nichts über die nackte Haut anziehen können. So ein Sonnenbrand muss ja fürchterlich schmerzen. Das hat aber mit meinem Anruf jetzt nichts zu tun.

Ja, und dort habe ich mir, knappe zweihundert Meter vom Strand entfernt, so ein Timesharing-Ferienhaus gekauft. Kein ganzes Haus natürlich, ein Appartement halt. Für vier Wochen im Jahr. Ziemlich günstig. Um einhundertzwanzigtausend Euro, einmalig, plus Betriebskosten. Ist noch nicht ganz fertig. Da kann ich sogar mit anderen Ferienanlagen, welche die haben, tauschen, zum Beispiel mit Bali oder Mauritius oder dem Golan."

„Pchch!"

„Entschuldigung, ich habe Sie jetzt nicht verstanden, was haben Sie gesagt?"

„Ich habe nur ausgeatmet. Haben Sie schon unterschrieben? Haben Sie schon bezahlt? Haben Sie irgendwelche Papiere, die ich mir anschauen sollte?"

„Überwiesen habe ich schon, aber die Papiere habe ich noch nicht in der Hand, das dauert noch ein paar Wochen."

„Pchch!"

„Was haben Sie gesagt?"

„Ich habe nur ausgeatmet. Da müssen Sie schleunigst zu mir kommen, damit wir das finalisieren. Ist Ihnen dabei irgendwas sonderbar vorgekommen?“

„Sonderbar? Wieso? Nein. Überhaupt nichts. Die haben mir sogar eine Flasche Sekt spendiert und meine Frau und mich zum Essen eingeladen.“

„Pchch!“

„Wie bitte?“

„Nichts, ich habe…, - ist ja egal.“

„Sind Sie krank? Haben Sie leicht Asthma?“

„Nein. Bei mir ist alles in Ordnung.“

„Ja, das waren ganz nette Leute.“

„Und die zweite Sache?“

„Die ist schon ein wenig ärgerlich. Ich war vor etwa vier, fünf Wochen in der Tuchfabrik am Rädlerweg. Sie wissen ja: Linzer Tuchfabrik, Himmelreich und Zwicker. Da ist in dem alten Gemäuer die Kirche drinnen. Da war ich bei einer Veranstaltung in der „Turbine“, wie das dort heißt. Da war eine Ausstellung von diesem bekannten Maler Wasserholtz. Ja, Julius Evangelist Wasserholtz. Der Neo-Suprematist. Der Suprematismus ist, ehe Sie mich fragen, doch der Malstil, der von diesem Kasimir Sewerinowitsch Malewitsch geprägt wurde.

Den kennen Sie nicht? Das ist doch der mit dem berühmten Bild ‚Das Schwarze Quadrat‘. Es funkt noch immer nicht? Interessiert Sie Malerei überhaupt? Nein? Macht auch nichts.

Ja, das war schon ein wenig sonderbar, auf dem riesengroßen Parkplatz vor dem Gebäude ist kein einziges Auto gestanden. Dort hat mich dann eine ältere Frau angeredet, dass hier das Parken meistens recht kostspielig wäre. Da habe ich leider eine Woche später erst verstanden, was die Dame damit gemeint hat.“

„Nämlich?“

„Ein Mann mit einem Fotoapparat in der Hand hat sich plötzlich so vor mich hingestellt, stocksteif und stur, dass ich gar nicht mehr weiterfahren konnte und zurückfahren musste. Dazu hat er mich regelrecht genötigt, weil wenn ich vorwärtsgefahren wäre, hätte ich ihn überfahren müssen. Da bin ich in so einen – scheinbar als privat gekennzeichneten – Parkplatz rückwärts gerade einmal eintausendzweihundertachtzehn Millimeter hineingefahren, habe gebremst, den ersten Gang eingelegt und bin ein paar hundert Meter weiter gefahren auf eine öffentliche Straße, wo man sicher parken darf. Ich habe nicht einmal den Motor abgestellt."

„Auf der öffentlichen Straße?"

„Nein, auf dem Privatparkplatz."

„Ja, und? Sind Sie wo angefahren? Haben Sie etwas beschädigt? Haben Sie Fahrerflucht begangen oder haben Sie den Mann beleidigt oder gar über den Haufen gefahren?"

„Nein. Natürlich nicht. Aber zwei Wochen später habe ich von Ihrem Kollegen Mag. Dr. Andreas M. einen Liebesbrief bekommen. Hören Sie bitte: Besitzstörung am Soundsovielten, von neunzehnuhrdreiunddreißig bis neunzehnuhrachtunddreißig, Schörgenhubstraße 39 - 41, A-4030 Linz. Sehr geehrter Herr Bauer, vorweg erlaube ich mir, Sie darüber zu informieren, dass meine Mandantschaft mich mit Ihrer rechtsfreundlichen bla bla bla. Der übliche Rechtsanwaltsschwachsinn halt. Einhundertachtundneunzig blanke Euro. So ein gieriger Sausack!

Erstens bin ich keine fünf Minuten dort gestanden, vielleicht gerade einmal maximal fünfeinhalb Sekunden, und zweitens habe ich dort nicht geparkt, sondern nur angehalten. Zum Gang wechseln.

Ich habe daraufhin ein wenig recherchiert und den Mann gegoogelt. Der ist kein Unbekannter. Das Bild von diesem Doppelakademiker habe ich zufällig im Internet gefunden.

Und stellen Sie sich vor, ich bilde mir ein, dass er es selbst war, der sich vor mich hingestellt und zum Zurückfahren genötigt hat. Jawohl, genötigt. Kann ich natürlich nicht beweisen. Dieses Verhalten finde ich niederträchtig.

Ich habe dann, weil Sie ja im Urlaub waren, beim Touringclub angerufen. Die Dame dort in der Rechtsabteilung hat gleich gesagt, jaja, Kanzlei Sowieso, dieunddie Strasse, den kennen wir. Hinlänglich, zur Genüge, sattsam. Der dürfte von dem leben. Unlängst war ein Schwerstbehinderter bei mir, hat sie gesagt, der hat mit seinem Behindertenfahrzeug, mit so einem, welches man mit so einem Staberl, das man im Mund hat, steuert, auf so einem Parkplatz dort nur ganz kurz gchalten, weil sein Hund bei einem Baum dort markiert hat, aber das ist dem komplett Wurst. Da hat der – angeblich – dem glatt den Weg verstellt und hätte ihn nicht mehr wegfahren lassen, wenn er ihm nicht seine Adresse gegeben hätte. Ja, und von der LinzAG war an einem Sonntag nach der Elfuhrmesse ein Leichenwagen dort, hat mir ein Kirchgänger erzählt, der einen während des Hochamts in den Himmel Entrückten mitnehmen musste.

Egal, menschliches Schicksal unerwünscht! Der verlangt seine 198,00 Euro von der LinzAG, weil bei denen das sicher nicht ins Gewicht fällt, und die will er haben. Dem ist völlig egal, ob das ein Auto ist oder ein Moped oder ein Behindertenfahrzeug oder gar ein Rasenmäher, der will seine Kohle.

Stellen Sie sich vor, ich habe gehört, der lässt im Winter sogar den Schnee vom Parkplatz räumen; es könnte ihm ja ein Geschäft entgehen.

Sagen Sie, Herr Doktor, ist das strafbar, ich habe dem auf seinen Parkplatz vor seiner Kanzlei in Urfahr – die Adresse steht ja am Kuvert – einen Anhänger voller Mist abladen lassen. Kuhmist versetzt mit dreißig Prozent Gülle. Stinkt gotterbärmlich. Ein Bauer, den ich gut kenne und der Sinn für

Humor hat, der hat das für mich gemacht, fast gratis. Ist dann auch in der Zeitung gestanden. Ganz Urfahr hat gelacht, halb Linz hat applaudiert und die meisten Kollegen der Rechtsanwaltskammer haben es ihm so richtig vergönnt. Und seine ehemaligen Parteifreunde haben vor Lachen gewiehert und auf Facebook einen Shitstorm ausgelöst. Sie verraten mich doch nicht, oder?"

„Nein. Ich habe ja anwaltliche Schweigepflicht, Paragraph 157 StPO. Aber, um Gottes Willen, natürlich ist das strafbar. Herr Bauer, ich möchte Sie eindringlich davor warnen, so etwas noch mal zu tun. Sie dürfen aber so auch nicht in der Öffentlichkeit reden, das kann auch ganz schön Kohle kosten, wenn Sie verstehen, was ich meine."

„Ist aber heute Nacht schon wieder passiert. Aber bitte, es ist doch er der Stinker? Der ist doch – Entschuldigung – ein menschlicher Auspuff, wenn Sie verstehen, was ich meine. Wissen Sie, das ist der erste Anwalt, mit dem ich zu tun habe, der auf seinem Briefkopf gleich seine Kontonummer draufschreibt. Ich habe da einen guten Bekannten, der wohnt im gleichen Ort wie er. Der kennt ihn. Der sagt, das ist ein Unsympathler, ein Hierhappler; Sie verstehen sicher, was ich meine!

In der Gemeinde ist er in der Gemeindestube gesessen oder sitzt vielleicht immer noch dort. Bei den Unaussprechlichen. Das ist ein Sammelbecken von… das sage ich jetzt aber nicht. Na, da weiß man schon, was das für einer ist. Aufgefallen ist er, weil er immer so blöd dahergeredet hat. Der hat so getan, als wäre er bei Gericht; bei so einer amerikanischen Gerichtssaalsoap, wo sie immer das Lachen einspielen, damit die Idioten, die sich so einen Schwachsinn anschauen, auch wissen wann sie zu lachen haben.

Aber jetzt hat er kurzfristig Morgenluft geschnuppert und ist zu diesem komischen urigen Tattergreis gewechselt."

„Zum Fränk?“

„Ja. Genau zu dem. Das war doch die Lachnummer der letzten Nationalratswahl. Angeblich war es seine Idee mit der Todesstrafe für die Profikiller. Und Mund zupicken für die Lou Lorenz-Dittlbacher vom ORF, damit sie ihm beim Monolog nicht dreinredet.

Selbst seine ehemaligen Parteifreunde schimpfen ihn einen eitrigen Wendehals. Mediengeil. Wenn ich dem seine Bratlpappn nur seh’, dann kommt mir das Kotzen. Am liebsten würd’ ich dem das natura bezahlen, mit einer weiteren Fuhre Kuhmist, diesmal gestreckt mit fünfzig Prozent Jauche. Nur vom Schwein. Stinkt gotterbärmlich.“

„Na, Sie haben einen Zorn!“

„Nein, ich sehe das eher sportlich. Ich meine, mir ist das egal, da geht es mir nicht ums Geld. Habe ich da eine Möglichkeit, nicht zahlen zu müssen?“

„Eher nicht.“

„Schade. Aber was soll’s? Ich habe aber da noch eine Frage dazu. Vorigen Freitag war wieder eine große Veranstaltung dort in der Tuchfabrik. Mein Nachbar wollte, dass ich unbedingt mitgehe. Da wollte ich dann gleich das Nützliche mit dem Angenehmen verbinden, wenn Sie verstehen, was ich meine.

Da bin ich am Gehsteig gestanden. Ich. Ohne Auto, nur mit einem Regenschirm über den Arm, aber das ist eh unerheblich. Auf einer öffentlichen Verkehrsfläche, mitfinanziert von meinen Steuern, wie man so sagt, wohlgemerkt. Und habe an alle Passanten eine Kopie des Briefes an mich verteilt. Meinen Namen und meine Adresse und meine Autonummer und solche Sachen habe ich vorsorglich geschwärzt, nicht aber den Namen und die Adresse von dem feinen Herrn M. Und auf der Rückseite habe ich eindrücklich davor gewarnt, dort zu parken.

Und dann kam so ein komischer Haberer mit Fotoapparat, ich glaub, das war wieder er himself, hat mich dabei fotografiert und mir gedroht, dass er mich wegen Geschäftsstörung verklagen wird, er kennt mich eh. Er ist dann in einen Ferrari oder irgend so ein Protzomobil eingestiegen und abgerauscht, dass die Reifen nur so gequietscht haben. Den Sprit hat er wahrscheinlich mit meinen 198 Euro finanziert. Kann mir da etwas passieren?"

„Waren Sie auf seinem Grundstück, haben Sie etwas Ehrenrühriges geschrieben? Haben Sie ihn bedroht oder beleidigt?"

„Nein. Ich doch nicht. Ich habe ihn nur angelächelt."

„Herr Bauer, zahlen Sie und vergessen Sie den, für den schämt sich schon die halbe Kollegenschaft. Ein Paria, ein Unberührbarer.

Aber vernünftiger und viel, viel wichtiger wäre es, wenn Sie wegen dieser Timesharing-Geschichte zu mir kommen. Weil dieses Geld, fürchte ich, werfen Sie wirklich zum Fenster hinaus."

„Vielen Dank, Herr Doktor. Ich wusste, dass ich mit Ihnen einen guten Anwalt habe. So etwas, sage ich immer, zahlt sich letzten Endes aus. Ich habe Sie auch schon weiterempfohlen, mehrmals. Zum Beispiel an eine gute Bekannte, als deren Mann gestorben ist, wegen des Nachlasses und auch an andere. Nur so richtige Kriminelle kenne ich ja nicht. Das sage ich, weil Sie ja in erster Linie Strafverteidiger sind.

Sie, wegen der Timesharing-Geschichte, da bin ich aber jetzt wirklich froh, dass ich das Geschäft dann doch nicht abgeschlossen habe. Aber den Sekt haben wir genüsslich getrunken, meine Frau und ich, ich war nachher sogar ein wenig beschwipst, und das Gegrillte haben wir auch gegessen."

„Sie haben nicht abgeschlossen?"

„Nein, natürlich nicht, haben Sie wirklich erwartet, dass ich so blöd bin? Einen Scherz wird man sich doch noch erlauben dürfen."

„Pchch."

„Was haben Sie gesagt? Ich habe Sie leider nicht verstanden."

„Ich habe nur ausgeatmet."

„Haben Sie wirklich nicht Asthma? Nein? Herr Doktor, ich habe mir schon lange vorgenommen, Sie einmal zum Abendessen einzuladen, Herr Buchinger, hätten Sie Lust?"

*

Erich J. Moser und Dr. Walter W.

„Herr Direktor, Sie wissen, dass ich Sie sehr schätze. Ich weiß, dass Sie bei einer anderen Partei sind als ich, aber ich möchte Sie schon darauf aufmerksam machen, dass ich Ihnen gegenüber immer loyal war. Und ich meine, ich habe mir noch eine Chance verdient."

„Schauen Sie, Herr Moser, genau das glaube ich Ihnen eben nicht. Wie oft haben Sie mich hintergangen, wie oft haben Sie hinter meinem Rücken mit Ihrem Parteifreund, dem Ministerialrat K., telefoniert und mich angeschwärzt, wie oft haben Sie mit der Ministerin telefoniert oder korrespondiert? Na also! Das, was der Vorgänger von der Ministerin, der eine Fußfessel tragende Ex-Minister politisch nach Ihren Anregungen alles umgefärbt hat, das geht doch auf keine Kuhhaut mehr. Ja, und dass Sie selber bei Ihren schwarzen Ministern da durchgefallen sind, das ist sprichwörtliches Pech! Da tun Sie mir so richtig herzergreifend leid.

Übrigens, ich bin mir sicher, dass Sie gar nicht wissen, was Loyalität ist. Ich fürchte, Sie können das nicht einmal richtig schreiben, geschweige denn buchstabieren."

„Doch, das kann ich sicher. Ich habe vielmehr den Eindruck, dass ich Ihnen als unliebsamer Konkurrent im Wege bin. Sie fürchten mich und wollen mich nur möglichst weit aus der Schusslinie bringen. Ich möchte Sie nur – mit Nachdruck – daran erinnern, das ich bei uns in der Direktion der erste war, der ‚Predictive Policing' einzuführen versuchte und unzählbare Stunden zuhause, im stillen Kämmerlein, verbrachte und das studiert habe.

Deshalb habe ich mit dem Herrn Ministerialrat telefoniert. Und nur deshalb. Dienstlich, genau genommen. Und das zu einem Zeitpunkt, Herr Direktor, an dem Sie das Wort ‚Predictive Policing' noch nicht einmal gehört, geschweige denn verstanden haben. Sie sind der, der etwas nicht richtig schreiben kann und noch viel weniger buchstabieren."

„Jetzt werden Sie aber eindeutig ein wenig zu vorlaut. Nur, ich bin nach wie vor ein klasser Bursch und erspare Ihnen eine Zwangsversetzung. So schaut es aus! Ich erspare Ihnen eine Zwangsversetzung! Und gebe Ihnen gnädiger Weise die Möglichkeit, um Versetzung anzusuchen. Schauen Sie, Herr Moser", sagte der Direktor mit milder Stimme, „Sie haben sich da draußen in Kleinmünchen richtiggehend unbeliebt gemacht. Keiner mag Sie; nicht nur da herinnen bei uns in der Nietzschestraße. Da sowieso nicht!

Glauben Sie mir, da gibt es sehr viele, auch unter Ihren eigenen Parteifreunden, die froh sind, dass Sie jetzt da draußen in Kleinmünchen sind. Die wären glücklich, wenn Sie da draußen blieben. Aber auch in Kleinmünchen mag man Sie nicht. Die Kollegenschaft nicht, die Leute nicht, die Persönlichkeiten wie der Pfarrer oder die Schuldirektorin, wo Sie deren Sohn wegen einem Schweizerkracher unbedingt strafen mussten, nicht. Aha, kommt jetzt die Erinnerung wieder? Oder der Herr Generaldirektor der Spinnerei, der Chef vom Supermarkt und der von der so extrem wichtigen Bank, der Rauchfangkehrermeister, die Frauenärztin und so weiter und so fort. Bei letzterer wundere ich mich nicht, warum die sie nicht mag, wenn ich mir deren Beschwerdebrief durchlese, dann würde ich genauso denken. Resümee: keiner mag Sie!

Ich verrate Ihnen jetzt ein kleines Geheimnis: selbst der örtliche Bürgermeister, zufälligerweise damals noch Parteifreund von mir, hat gegen Sie massiv interveniert. Ich sage Ihnen jetzt gar nicht, was der alles gesagt hat, aber seien Sie sich sicher, Kompliment und Lob sind genau das Gegenteil von dem!

Herr Kollege, begreifen Sie doch: Sie haben kein einziges, nicht einmal das allerallerkleinste Fettnäpfchen ausgelassen und sich ein paar Mal ganz schön, mit Respekt, in die Scheiße gesetzt. Ich kann Sie nicht mehr da draußen lassen, da gäbe es früher oder später nämlich Krieg."

„Herr Direktor, Sie tun mir da wirklich Unrecht. Das war alles ganz anders. Aber es ist ja auch nicht so, dass Sie bei Ihren Vorgesetzten und im Ministerium den großen Rückhalt hätten, erst recht nicht bei der neuen Frau Minister. Sie werden doch nicht glauben, dass die meine Versetzung zulässt. Die, mit Respekt, zerhackt Sie allein schon mit ihrem Riechkolben in der Luft. Glauben Sie mir. Und jetzt, wo Sie bei den Roten auch niemanden mehr haben, der Ihnen hilft, da werden Sie schon bald noch sehen, wie das weitergehen wird. Da können Sie in der Tür dann herumstehen so viel Sie wollen. Beim Joschi Ackerl genauso wie bei seinem Nachfolger. Ha!"

„So ein aufklärendes Gespräch ist ja immer recht gut, finde ich. Da erfährt man dann, was sich einzelne Mitarbeiter so denken. Nur, Sie haben mir bis jetzt nichts Neues gesagt, das wusste ich alles schon. Sie werden doch nicht denken, dass ich so einen großen Polizeiapparat zur Verfügung habe, um dann nicht zu wissen, was meine so genannten besten Offiziere tun.

Aber nochmals bitte, schauen Sie doch, Herr Moser. Ich biete Ihnen eine wirklich renommierte Stelle an, wo Sie sich um die Schülerlotsen kümmern könnten. Da waren Sie ja schon einmal, da kennen Sie sich wenigstens aus, das ist auch kein Neuland für Sie.

Da können Sie, wenn Sie wollen, mit dem System von ‚Predictive Policing' oder einer komplizierten Excel-Datei dann berechnen, wann statistisch der nächste Unfall mit einem Schulkind auf dem Zebrastreifen passieren wird und rechtzeitig vorher einen Schülerlotsen, einen ‚Predictive-Lolipop-Man' hinschicken. Ja, das wäre was, so ein System gibt es auf der ganzen Welt nirgendwo, zumindest noch nicht, da würden Sie so richtig berühmt.

Und da kämen Sie auch niemandem von der – von Ihnen so titulierten – ‚Kleinmünchner Mafia' in die Quere. Schauen Sie doch, bitte! Wir sind die Polizei, die Freunde und Helfer von den Leuten, den Kleinen, den Anständigen. Wir, Herr Moser, sind doch die Guten! Nicht strafen hat Priorität! Erklären, überzeugen, gemeinsam an einem Strang ziehen, nicht gegeneinander arbeiten. Verstehen Sie? Und diese Position, die ich da gemeint habe, die wäre locker überschaubar, da brauchen Sie sich bis zur Pensionierung nicht mehr viel aufregen und der Polizei bleibt auch einiges erspart. Nehmen Sie doch an, schlagen Sie doch ein!"

„Nein, das kommt gar nicht in Frage, das will ich nicht. Erstens mache ich jetzt gleich einen Einspruch gegen eine etwaige Versetzung und bewerben tue ich mich sowieso nicht. Punkt und aus!"

„Wie Sie wollen, Herr Moser, tun Sie nur so, wie Sie glauben. Ich dachte ja nur. Da hätten Sie die Möglichkeit, sich um den Kegelverein zu kümmern, um die Nachwuchsarbeit, ob das Licht und die Bahnen und die Kugeln und die Kegel und die Noppenhöhe der Sportschuhe und sonst noch was eh in Ordnung sind und Sie könnten da so Ihre Einsprüche beim Kegelverband konzipieren und so weiter und so fort. Herrgott noch mal, machen Sie mir das doch nicht so schwer."

„Nein und nochmals nein. Das war mein letztes Wort!"

*

Die Seele der Siedlung.

Die Dame, Frau Marianne H., war nett, freundlich, hilfsbereit, zuvorkommend, gefällig, höflich, liebenswürdig und ein klein wenig eigenwillig, ein klein wenig dominant und ein klein wenig mitteilungsbedürftig.

Natürlich nicht, wie die so redselige Frau P. vom zweiten Stock unseres Hauses. Und sie konnte auch Geheimnisse für sich behalten und – sie misst sich vorzugsweise mit den anderen Hausbewohnerinnen – stand nicht stundenlang im Stiegenhaus, um die Schmutzwäsche des Hauses zu waschen; das kann man relativ deutlich auch hinter der Wohnungseingangstür stehend verstehen. Und wenn nicht, hilft ein ganz gewöhnliches Wasserglas, das man an das Türblatt hält, das wirkt beinahe wie ein Lautsprecher.

Dieses dort Stehen und über die Moral des Hauses wachen hält sie stundenlang aus; also, nicht immer. Es ist schon vorgekommen, dass sie sich nicht mehr halten konnte, die Tür aufriss und denen da draußen ein wenig aufzumischen; zu sagen, was wahr ist und was Sache ist. …aber das haben allgemein Leute in gehobenerem Alter so an sich; Männer genauso wie Frauen!

Ihrem lieben Mann hingegen war sein Schrebergarten sehr wichtig; seine Pflänzchen, Gräselein, Blümelein und der Zwetschgenbaum. Rundum hatte Herr H. Freunde. Gleichgesonnene, die das Schicksal zu ertragen hatten und ihm seines erleichterten. Und wenn die geliebte, treusorgende Ehefrau, die ohnedies endendes Interesse für seinen Grünwuchs hatte und meist nur widerwillig bei der mühseligen, schweißtreibenden, zumeist mit Bücken, Rückenschmerzen und unangenehmen Gerüchen verbundenen Arbeit mithalf, nicht da war und auch die hoffnungsfrohe Aussicht bestand, dass sie nicht kommen würde, weil sie eine für sie sehr wichtige Besprechung, Unterredung, Befragung, Konferenz, Veranstaltung oder Messe besuchen wollte, traf Herr H. sich vollkommen entspannt mit seinen Gartenfreunden.

Leitgedanke waren dann Bier, Sauhäutener und Most. Jeder in der Runde hatte in seinem kleinen Erdkeller einen entsprechenden Vorrat. Herr H. wusste: seine liebe Frau würde nie und nimmer in dieses unbeleuchtete, modrige Loch da hinunterklettern, weil sich dort allerlei ekeliges Getier sein Stelldichein gab. Ein paar Mäuse hatte er schon demonstrativ nach oben gebracht, ihr vor die Nase gehalten und dann erst entsorgt. Und ekelige Spinnen, Asseln und Küchenschaben waren auf Vorrat zugegen.

Herr H. konnte die längste Zeit risikolos mit seinen Freunden fachsimpeln und die diversen Geburts- und Namenstage und sonstige Jubiläen feiern. Wenn dann die Dame seines Herzens nach einer Veranstaltung nach Hause kam, schlief er längst schon. Sie hatten nämlich schon seit vielen Jahren getrennte Schlafzimmer. Die ehelichen Pflichten waren – wie man so sagt – erfüllt beziehungsweise hatte sie offenbar kein Interesse mehr an derlei Aktivitäten, außerdem schnarchte er. Behauptete sie.

*

Also, ganz so war es nun doch nicht. Könnte man sagen. Es gab da eine Zeit, die ist noch gar nicht so lange her, als ein Neger der Kirche als Pfarrvikar zugeteilt wurde. Sie wusste wohl, dass man das heute so nicht mehr sagt und Neger korrekterweise Farbige oder Schwarze heißen beziehungsweise Eskimo Inuit oder Aleuten und Indianer Indigene.

Ja, ärgerte sie sich innerlich, nicht einmal ‚Mohr im Hemd' zu bestellen wäre mehr passend, nur mehr den besoffenen Kapuziner dürfe man, ohne gescholten zu werden, beim Servierpersonal ordern. Doch sie konnte und – um der Wahrheit die Ehre zu geben – wollte das gar nicht anders sagen; außerdem, was der ihr angetan hat?!

Zu dieser Zeit, wie angedeutet, da trug sie fallweise andere – eher unkatholische – Gedanken mit sich. Oh mein Gott, hatte der schlanke Hüften …und einen knackigen Po; nein, nicht so einen Stockerlarsch wie die anderen Neger sonst, dass man ein Glas darauf hätte abstellen können, ohne dass es hinunterfällt. Und manchmal, wenn der Blick zufällig von seinem am Hals baumelnden großen Kupferkreuz – wie gesagt zufällig – abwärts wanderte, bildete sie sich ein, da konnte man bei seiner Leinenhose auch noch etwas Anderes erahnen. Nein, nein, sie redete sich das nicht ein, sie hatte einen geübten Blick für solche …Dinge.

Aber sie kam nicht zum Zug, so sehr sie sich auch anstrengte und von der besten Seite zeigte. Sie hatte ihn auch schon versucht einzuladen.

Von Woche zu Woche füllte sich die Kirche. Merkbar. Mit überwiegend weiblichen Andächtigen, gegendert heißt das Andächtiginnen. Dass gerade die Bognerin, die noch dazu älter als sie war, die eine Figur hatte wie ein Sack Hirschgeweih, an der nichts dran war und die obendrein auch noch verheiratet war, mit Mbonga, so der Vorname des Negers, etwas hatte, wurmte sie.

*

Aufgrund eines anonymen, langatmigen und sehr detaillierten Schreibens, aufgegeben auf dem Postamt 4030 Kleinmünchen, an den neuen Herrn Bischof wurde Mbonga schließlich auf allerhöchste Weisung versetzt. Obwohl von Haus aus klar war, dass an dem geschilderten Gerücht nichts dran war. Nichts dran sein konnte! Überhaupt nichts. Es gab keinen einzigen Zeugen, noch viel weniger eine Zeugin.

Mbonga kam ins schöne Gutau.

Sie kennen doch Gutau? Ja? Genau, Färbermuseum, Gutauer Stubenhocker, Vogelkundeweg, Designtischlerei Stiftinger, Akazia-Verlag und so weiter. Eine sympathische, verträumte Gemeinde im wunderschönen Mühlviertel mit fleißigen, netten, braven, biederen und hochanständigen Leuten; liebens- und besuchenswert, wirklich sehr zu empfehlen!

...woraufhin sich im Gutauer Gotteshaus die harten Kirchenbänke bei den Messen von Woche zu Woche zu füllen begannen; ...überwiegend mit Frauen.

*

Wenn also Herr H. schon im Bett lag und Frau H. nach einem anstrengenden – sagen wir – Abendgebet oder einer sonstigen Veranstaltung nach Hause kam, konnte sie seine mit seinen Schrebergartenfreunden gemeinsam erworbene Fahne inklusive seiner Illumination nicht mehr feststellen. Ab und zu, also später dann, als die peinliche Sache mit Mbonga nachhaltig geklärt war, nahm sie fallweise Mitglieder aus der Pfarre oder einer anderen Gruppierung mit nach Hause, da würde er ohnedies nur stören; da würde auffallen, dass er nicht ganz ihr Niveau hatte und das wäre ihr sowieso peinlich gewesen.

Frau H. ist reihum gut bekannt, fast prominent. Sie engagiert sich in zahlreichen Gruppierungen; in der Pfarre, in der Frauenortsgruppe der ÖVP, im Kleinmünchner Kulturkreis, im Gesangsverein, in der Goldhaubengruppe und im Gemeindebau als Mietervertreterin.

Also, Frau Marianne H. wohnt – natürlich gemeinsam mit ihrem Mann – im vierten Stock des Hauses Linz-

Kleinmünchen, Karl Steigerstraße 70. Meine Frau und ich auch; allerdings einen Stock höher, und nicht direkt oberhalb von den H.s, sondern auf der gegenüberliegenden Seite. Ich habe eigentlich nichts gegen die H.s, allerdings den Eindruck, dass sich meine Frau und Frau H. nicht recht mögen. Das vermute ich, obwohl meine Frau noch nie ein Wort hat fallen lassen; nicht einmal eine flüchtige Andeutung. Das würde sie niemals tun! Sie blockt immer rechtzeitig ab, habe ich das verschwommene Empfinden, könnte ich eine Bemerkung zu diesem Thema nur auf den Lippen haben.

Also, ich habe in Wirklichkeit gar nichts gegen sie oder ihren Mann. Gegen den sowieso nicht, weil der ist mir gegenüber immer äußerst freundlich; besonders seit damals, als ich ihn ziemlich betrunken mit nassem, triefenden Schritt beim Hauseingang aufgelesen habe. Er versuchte vergebens, den Schlüssel ins Schloss zu stecken. Ich sperrte ihm dann – nett wie ich nun einmal bin – auch noch die Wohnungstür auf und wünschte höflich eine gute Nacht.

Eingestiegen in die Funktion als Mietervertreterin ist sie – ihr Mann wollte sich da nicht exponieren, er wäre eigentlich kein rechter Vereinsmeier – wegen der Mieter oberhalb, die – angeblich – zu jeder Tages- und sogar Nachtzeit mit den Töffler-Holzschlapfen herumlaufen und das ganze Haus dabei aufwecken. Sie, die Ehefrau des oberhalb wohnenden Mieters, ist eine eingeheiratete Tschechin, aber schon mit einem österreichischen Pass, also keine richtige Ausländerin im Sinne des Wortes, obwohl sie peinlich schlecht Deutsch spricht.

Aber allemal, meint Marianne H., ist das noch immer besser als eine Kubanerin, Thailänderin, heirats- und liebestolle Polin oder sonst so eine von denen dort. Sie ist überzeugt davon, dass die nur heiraten, um sich ins gemachte Nest zu setzen und sich dann, wenn alles mit Sozialversicherung und

Aufenthaltsbewilligung geregelt ist, wieder scheiden zu lassen. Oder auch nicht, um zusätzlich noch die Witwenpension einheimsen zu können. Später dann, wenn der greise, inzwischen längst impotente Ehemann das Zeitliche gesegnet hat, hat man ja immer noch genug Zeit, die wahre Liebe des Lebens zu finden; außerdem muss man gewisse Überweisungen in die Heimat tätigen, zuhause ist schließlich eine große Familie zu versorgen.

Aber, ganz ehrlich, man hat ja, sagt sie gerne, in Wirklichkeit überhaupt nichts gegen Ausländer. Zumindest so lange nicht, solange sie nicht im eigenen Haus genau oberhalb wohnen und den ganzen Tag mit den Holzschlapfen herumrennen, als wie wenn ihnen der leibhaftige fettsüchtige Kim Jong-un auf den Pelz rücken würde. Der Nordkoreaner.

Zwei Parteien, die zuvor im gleichen Appartement wohnten, von der Herkunft übrigens lupenreine Inländer, habe sie schon so weit gebracht, dass diese wussten, was zu tun sei. Ja? Sie sind dann ausgezogen.

Die aktuellen Mieter haben noch genau drei Tage bis zum Ablauf der hunderttägigen Schonfrist, sicher keine Sekunde länger! Aber dann werden diese auch die volle Härte des Gesetzes, den starken Arm der Mietergemeinschaft und die Unbeirrbarkeit von Frau H. kennenlernen. So viel sei jetzt schon gesagt.

Im Mieterverein begannen sich – ähnlich wie in der Kirche Marcel Callo nach dem Abgang Mbongas – die Reihen zu lichten. Frau H. hatte bei einer Mieterversammlung, bei der es hauptsächlich um Wärmedämmungen ging, die aus den bereits vorhandenen Rücklagen hätten finanziert werden sollen, einen argen Disput mit dem anwesenden Direktor der Wohnungsgesellschaft.

„Wissen Sie, Herr Direktor“ schmetterte sie ihm entgegen, „ich kann ja eigentlich Du zu Dir sagen, weil Du mich unlängst bei der Sektionssitzung der Kleinmünchner Genossen auch geduzt hast. Ich muss Dir jetzt schon eines sagen, lieber Nikolaus, ihr könnt nicht so einfach das Geld da hernehmen, was uns gehört. Da wären dann nämlich Leute Nutznießer, die möglicherweise erst wenige Jahre oder vielleicht erst wenige Monate oder, wenn es ganz arg wäre, nur wenige Wochen im Haus wohnen. Das ist nicht einzusehen!

Wir alle, "sagte sie, sich dabei fast einmal um die Achse drehend und dabei ihre Finger wie der junge, neue, fesche, adrette, elegante Minister mit der perfekten Rückwärtsfrisur und den segelflugtauglichen Ohren bei einem seiner unüberbietbaren und schier unausweichlichen Fernsehinterviews weit auseinanderspreizend, „wollen das nicht. Da bin ich eindeutig auf Seite des neuen Stellvertreters und Bündnispartners von unserem heißgeliebten, unersetzbaren Landespepi, der Wohnungszuweisungen richtigerweise an Deutschkenntnisse binden möchte.

Das ist eine Ansage, die verstehen alle, selbst die Einfältigsten, da kann ein jeder ehrliche, fleißige, rechtschaffene und heimatverbundene Landsmann mit!

Dir wird ja nicht auffallen, dass die Mehrheit der Hausparteien im Haus Karl Steigerstrasse 70 bereits Flüchtlinge sind, oder Asylanten, die keine Miete bezahlen. Du wohnst ja in einer Villa und sicher in keiner Genossenschaftswohnung.

Wer bezahlt denn bei diesen Leuten die Miete oder den Mietausfall, wenn die nicht blechen? Die Antwort ist ganz leicht! ‚Na, wir wieder!'

Und genau für dieses halbe Asylantenheim da willst Du unser angespartes Geld hernehmen? Weil die Syrer, Ghanaer, Marokkaner, Tunesier, Ägypter, Somalier und Afghanen so kälteempfindlich sind? Aha. Damit sie nicht frieren? Und uns habt ihr das die letzten zwanzig Jahre aber zugemutet? Da war das scheinbar so in Ordnung?

Da bin ich aber froh, dass die Dings jetzt die Wahl gewonnen haben! Weil die werden jetzt mit diesen Missständen aufräumen und mit eisernem Rechen Euren Augiasstall ausmisten.“

Des mit Nikolaus bezeichneten Direktors Zornesadern schwollen beängstigend und sein Gesicht verfärbte sich zusehends ins Violette. Schließlich stand er hastig auf und verließ raschen Schrittes den Saal des Kleinmünchnerhofs. Einige – offenbar besonnenere – Vertreter des Mietervereines liefen ihm nach und entschuldigten sich beschwichtigend.

*

Mit dieser Wortmeldung war zwar die Funktionsperiode und Vertretungsbefugnis von Frau H. als Mietersprecherin abrupt beendet, im Gegensatz dazu aber ihre Popularität im Raum Kleinmünchen weiter gestiegen.

*

Als die Söhne einer Bekannten von Marianne H. noch in die Schule gingen, bewarb sie sich im Elternverein der Theodor-Grill-Volksschule im Scharmühlwinkel um eine Funktion. Weil es nicht ihre eigenen Kinder – sie war ja kinderlos – waren, durfte sie nur Elternvertreterstellvertreterin sein, später dann fungierte sie – weil sich ansonsten niemand meldete und irgendjemand muss es ja tun, wie sie sagte – als Schülerlotsin. Im Vereinsvorstand des Elternvereins bezeichnete man ihren Status dann so: ohne Sitz und ohne Stimme. Beides war natürlich Nonsens, einerseits war sie die einzige, die bei jeder Sitzung verlässlich anwesend war und sich andererseits noch verlässlicher ständig zu Wort meldete.

Später dann wurde sie sogar Kassierstellvertreterstellvertreterin. Eines schönen Tages ergab es sich, dass eine Konferenz aller Elternvertreter des Linzer Schulbezirkes stattfand und Frau H., weil gleich mehrere Elternvertreter der Scharmühlwinkelschule erkrankt waren, als Ersatzdelegierte zu dieser Veranstaltung nominiert wurde.

Bei der Konferenz waren allerhand hochinteressante Kurzvorträge seitens des Bildungsministeriums und des Landesschulrates zu hören. Als man sich bereits dem Ende der gelungenen Konferenz näherte, meldete sich zum Tagesordnungspunkt ‚Präsentation neuer Lehrmethoden an den Volksschulen' Frau Marianne H. zu Wort.

Also nicht direkt. Sie sprintete – mehr oder weniger – Richtung Rednerpult und blieb dort, nachdem zu diesem Punkt der Tagesordnung Wortmeldungen weder eingeplant waren noch erwartet wurden, direkt neben dem Rednerpult und zum Vorsitzenden Blickkontakt suchend, stehen. Verunsichert durch diese Beharrlichkeit und irritiert fragte sie dann der Mann, ob leicht etwas wäre.

Marianne H. trat ans Rednerpult, zog das Mikrofon ein wenig tiefer, räusperte sich, um ihrer Stimme den notwendigen Klang zu verleihen, und sagte dann: „Ja. Natürlich. Wir haben über alles Mögliche und Unmögliche und allerlei Unwichtiges gesprochen, das, was uns aber bewegt, das, was uns in der Vorstadt Sorge bereitet, das, weswegen wir in der Pflicht sind, darüber wurde nicht geredet, dieses Thema wurde nicht einmal gestreift.

An unseren Schulen sind zu fünfundachtzig und mehr Prozent Ausländerkinder. Das ist das Problem. Und unser neuer Herr Dings-Stellvertreter hat unlängst bei einem Interview in der *Zeit im Bild* zur Lou Lorenz-Dittlbacher gesagt, was Sache ist. Auch auf den Schulhöfen muss in Zukunft Deutsch gesprochen werden. Da hat ein rechter Mann das rechte Wort an rechter Stelle einmal ganz klar gesagt. Auf den Schulhöfen und den Klosetts genauso muss künftighin verpflichtend Deutsch gesprochen werden!

Und als er von der Lou Lorenz-Dittlbacher gefragt wurde, was er denn tun würde, wenn zwei türkische Geschwister miteinander türkisch reden, da hat er …nichts gesagt.

Aber ich habe darüber nachgedacht und habe einen Vorschlag. Ja, Disziplin ist ein unverzichtbarer Bestandteil der Erziehung und wenn jemand nicht gewillt ist, das zu verstehen oder sich danach zu richten, dann muss er sich vergegenwärtigen, dass auch gestraft werden kann.

Wir sind ja jetzt eh schon so weit, dass die Ausländer tun und lassen was sie wollen. Aber ich habe darüber nachgedacht und habe einen Vorschlag, einen wohlüberlegten Maßnahmenkatalog mit bereits festgelegten Strafen:

Erstens: Bei einmaligem Missbrauch gibt es eine Verwarnung. Jeder soll eine zweite Chance haben, finde ich.

Zweitens: Beim zweiten Mal gibt es eine Eintragung ins Klassenbuch samt bösem Blick des Schulwartes.

Drittens: Das nächste Mal gibt es eine Strafaufgabe, einen Aufsatz, in Deutsch natürlich, über ein Österreichthema.

Viertens: Das nächste Mal werden die Eltern informiert und müssen in die Schule kommen, zusätzlich gibt es einen Aufsatz in Deutsch, natürlich ein Österreichthema; meinetwegen über die Türkenkriege oder so, da will ich mich jetzt gar nicht festlegen.

Fünftens: Wenn die Türkeneltern nicht kommen, macht das nichts. Dann wird die Hälfte der Kinderbeihilfe gestrichen. Für jedes Kind, was erwischt wird.

Sechstens: Beim nächsten Missbrauch wird die restliche Kinderbeihilfe gestrichen.

Siebentens: Dann wird die Delogierung angedroht.

Achtens: Die Eltern werden zwangsweise von der Polizei vorgeführt und belehrt.

Neuntens: Wenn ein Kind so oft zeigt, dass es ihm an gutem Willen mangelt oder es lernunfähig ist, dann muss es mit dem Zahnbürschtel den Schulhof putzen.

Das wäre doch gelacht, wenn es uns nicht gelin…“

In diesem Moment wurde das Mikrofon ausgeschaltet.

*

Daraufhin wurde seitens der Lehrer- und Elternschaft der Scharmühlwinkelschule unisono erfreut festgestellt, dass ihre Amtszeit automatisch auslief, weil die Kinder der Bekannten sowieso in die Mittelschule kamen.

*

Marianne H. war nie und ist auch jetzt nicht künstlerisch aktiv und sie verstand und versteht auch von Kunst nicht viel, beziehungsweise gar nichts. Aber es gibt bekanntlich, betont sie oft, ein gesundes Kunstempfinden. Das hat man oder das hat man nicht, und da könne ihrereins schon selbstständig, ohne abgeschlossenes Mehrfachstudium oder bändeweises Verschlingen von Fachliteratur und ohne ständig in die Oper, ins Theater oder zu Vernissagen rennen zu müssen, feststellen, was Kunst, Schrott oder Dreck ist.

Sie war auch nicht Mitglied in einer Partei, was letztlich zu ihrem – nicht ganz freiwilligen – Ausscheiden aus der Frauenortsgruppe der ÖVP führte, sie konnte auch nicht singen und hatte auch keine Goldhaube beziehungsweise war sie gar nicht ernsthaft daran interessiert, eine zu sticken oder gar zu erwerben.

Sie war auch nicht wirklich gläubig. Gott war ihr relativ egal. Sie war sogar jedes Mal richtiggehend froh, wenn die Messe vorbei war. Einerseits. Andererseits hatte sie während der Messe immer ausreichend Zeit zum Nachdenken, was sie dem oder der Einen oder der oder dem Anderen, die anschließend noch im bequemen Buffet neben dem offenen Kamin sitzen und plaudern würden, zu sagen hätte.

Sie verstand es hervorragend, ihre Meinung präzise, unmissverständlich und treffend an das Gegenüber zu bringen. Mitunter, eigentlich müsste man sogar sagen fast immer, entstanden dabei heftige, hitzige, temperamentvolle, impulsive Diskussionen. Es passierte sogar, dass welche in einem Schreiduell endeten. Das war dann aber nie ihre Schuld, man müsse doch so situationselastisch sein, die Tatsachen zu akzeptieren! Frau H. hatte zumeist – mit ihrer hart trainierten Stimme – das bessere Ende, zumindest verstand sie es stets, jegliche Wortmeldungen und Meinungsäußerungsversuche nachhaltig im Keim zu ersticken.

Im Laufe einer Woche hatten sich solcherart in ihrem Argumentezwischenspeicher zahlreiche Be- und Anmerkungen gesammelt, die es – natürlich – galt, weiterzuleiten.

Frau H. brauchte immer Leute um sich, es war für sie nicht erfüllend, wenn sie gar keine Gelegenheit fand, ihre Erkenntnisse preiszugeben.

Dabei war ihr entgangen, dass zahlreiche Besucher der Messe, die sie schon näher kannten, gelernt hatten, den Messraum nach der Andacht nur zögerlich zu verlassen; dies deshalb, um zu gustieren, wo sie sich hinsetzte, um flugs an einen anderen Tisch zu eilen, um bequeme und stressfreie Plauderrunden bilden zu können.

Zum Leidwesen Mariannes waren dann noch zufällig freistehende Sesseln bereits für andere reserviert, die, wie ihr – vermutlich – vorgelogen wurde, noch rasch auf die Toilette gehen mussten oder es wurde ganz einfach irgendein anderes durchsichtiges, banales und höchst fadenscheiniges Argument serviert.

Letztlich saß Frau H. zumeist allein mit Martin, einem minder talentierten, tollpatschigen Ministranten, den sie vom Tennisverein her kannte und der keinen Anhang fand, an einem Tisch. Doch auch Martin kam immer seltener.

Martin war von seinem Wesen und Temperament her das Gegenteil von Frau H. Ziemlich ruhig, wortkarg, um nicht zu sagen verschlossen, introvertiert, um nicht zu sagen autistisch. Martin war wie sein Vater, ein alkoholkranker Mann, der seine gesamte Freizeit beim Würstelstrand eingangs der Schießstätte nächst der Traunbrücke verbrachte. Er wohnte dort in einer abbruchreifen Baracke eines Schrotthändlers, bei dem er auch beschäftigt war.

Martin war dessen Abbild. Er war treuherzig, ihm fehlte ein gerüttelt Maß an Gehirnwindungen sowie der dazu erforderlichen Synapsen zum Erreichen eines durchschnittlichen Intelligenzquotienten. Allerdings trank er nicht beziehungsweise äußerst selten.

Irgendwie sah Marianne H. in ihm den Sohn, der ihr selbst verwehrt blieb. Und sie verstand gut, dass Martin sich nichts sehnlicher wünschte als eine Frau an seiner Seite. Im Tennisverein wurden sein Temperament und sein Wahrnehmungsvermögen mit dem eines Pflastersteins verglichen.

Oft riet sie ihm: „Nimm Dir doch ein Beispiel an Deinem Bruder, gehe doch da hin oder dort hin, da lernst du sicher Leute kennen, auch Frauen werden dort sein."

Nicht nur ein Mal ermahnte sie Martin: „Geh doch zum Tennisklub, du gehörst unter die Leute." Wieder ein anderes Mal rief sie ihn bereits frühmorgens an, weil sie wusste: „Heute ist vorne beim EUROSPAR ein Bratwurstgrillen, dort haben sich ein paar Leute vom Gesangsverein verabredet."

Wenn Martin nur das Wort Gesangsverein hörte, kamen ihm die Magensäfte hoch. Da meinten einzelne ernst- und boshaft, dass er gar nicht singen könne. Er solle sich doch, sagte eine Endvierzigerin, auf die er heimlich ein Auge geworfen hatte, beim Motorschiff Eduard vom Linzer Hafen als Nebelhorn bewerben.

Nun, wie gesagt, Martin ging die letzte Zeit nicht mehr gerne in die Messe, weil die ihn bemutternde Marianne H. in einem fort auf ihn einredete, Vorschläge unterbreitete, ihn maßregelte oder irgendetwas ihr gerade klug Erscheinendes vorschlug. Tue dies, tue das, das sollst du und das nicht und so weiter und so weiter…Ein vor ein paar Jahren verstorbener Mesner der Pfarre in der Tuchfabrik sagte einmal hinter vorgehaltener Hand zu ihm, seine Tutorin wäre eine Filibusterin.

Tutorin hin, Filibusterin her! Obwohl er weder bei dem einen noch dem anderen Wort genau wusste, was gemeint war, fand er das schon ziemlich arg. Frau H. solcherart zu beschimpfen hatte gerade der nicht nötig.

*

Grund dafür, dass Martin Mitglied im Tennisklub war, war wie schon angedeutet, die Fürsorge der ihn bemutternde Marianne H. Einige der dort umtriebigen Tennisdamen wären ledig, frisch geschieden, hätten gerade eine unerquickliche Liaison hinter sich oder hatten einen fremdgehenden Ehemann, dem sie es heimzahlen wollten.

Außerdem waren da ein paar Kleingewerbetreibende im Klub, die könnten ihm, wenn er wieder seinen Arbeitsplatz verlieren würde, vielleicht zu einer Beschäftigung verhelfen. Der Malermeister hatte es allerdings schon aufgegeben, ihn zu beschäftigen, weil er Hilfsdienste nur maximal halbwegs verlässlich erledigen konnte und da musste man ihm jeden

Handgriff jedes Mal aufs Neue anschaffen. Der Elektroinstallateur lehnte von Haus aus rundweg eine Beschäftigung ab, er meinte: „Schau Martin, Du bist ja ein lieber, netter, freundlicher Kerl, aber bei Elektrikerarbeiten besteht stets große Gefahr, und dass etwas passiert, das möchte ich Dir und mir nicht antun!"

*

Eines Tages wurde im Kreise der weiblichen Mitglieder das Gerücht kolportiert, dass Marianne H. verdächtig oft mit dem Albaner zusammen saß und dieser – möglicherweise – sogar bei ihr eingezogen sein könnte. Tatsächlich, was ich dann später erfuhr, durfte dieser – mit mehr oder weniger abgenötigter Zustimmung des Ehemanns – kurze Zeit bei ihnen wohnen.

Ich kann das nur indirekt bestätigen, habe ich nämlich bei der Heimkehr zu späterer Stunde einmal einen – mir bekannten – strengen Geruch in der Liftkabine festgestellt.

Kurze Zeit später jedoch trat Marianne H. wegen – egal wie das zu verstehen ist – fehlenden Erfolgs aus dem Verein aus, ihre Besuche dorthin jedoch setzte sie fort. Mehrmals habe sie – angeblich – heftige Diskussionen mit dem Albaner gehabt, diese aber sofort, als andere Mitglieder in die Nähe kamen, abgebrochen.

Als sie aber nicht damit aufhörte, auf den Tennisplatz zu kommen, um mit den Leuten – in ihrer bekannt gemütlichen Art – ins Gespräch zu kommen und dabei ihre neuesten philosophischen Erkenntnisse zu präsentieren, wurde flugs ein Schild gemalt und gut sichtbar am Eingang hingehängt: ‚NUR FÜR MITGLIEDER'.

*

Ich selbst war auch Mitglied im Tennisverein. Auch wenn die Schilderung von Marianne H. und die von ihrer Seite Martin angedeihende Bemutterung die nachfolgenden Ereignisse vielleicht nur gerade einmal peripher tangiert, erscheinen die fortwährenden guten, wohlwollenden, hilfreichen, gutherzigen, förderlichen und mutterlieben Ratschläge schon eindeutig persönlichkeitsbildend und somit entscheidend für diesen gewesen zu sein. ‚Von nix wird nix und von nix kummt nix!'

*

Der Albaner.

Der Albaner, genau genommen eine unbedeutende Randerscheinung im örtlichen Tennisklub, wurde wahrscheinlich nur wegen seines Schnauzers, den man in gewissen Regionen Osteuropas gerne so trägt und seines Dreitagebartes sowie seines dunklen Teints so genannt. Einen Schnauzbart, wie er ihn trägt – hatte einmal ein gehörnter Ehemann am Tennisplatz behauptet – bevorzugen Menschen mit geringem Selbstwertgefühl; solche, die die Regungen des Gesichtes verstecken wollen, weil sie Angst davor haben, dass ihre schlechten Absichten dabei zu früh offenbart werden. Er habe einen Bekannten, meinte der vorhin zitierte Ehemann, der wäre Psychologe oder Psychiater, so genau wisse er das nicht, und der habe gesagt, dass Bartträger damit deutlich machen, etwas verstecken zu wollen.

Nur, der Bart passte dem Albaner sehr gut und er war auch sonst – zumindest optisch – ein durchaus passabler Kerl. Mit einem Wort: fesch. Mit einem kühnen Hauch von Verwegenheit. Eigentlich wären die Ausführungen des vorhin zitierten Ehemannes zu hinterfragen, weil er möglicherweise auf Grund der mangelnden ehelichen Treue seiner besseren Hälfte bereits Leidtragender sexueller Begehrlichkeiten des Vorgenannten hätte gewesen sein können.

Der Albaner hatte mit Albanien aber überhaupt nichts zu tun, er war noch nie dort und noch viel weniger dort geboren. Seinen Teint hatte er vom tagelangen Herumlungern am Tennisplatz, er hatte ja schließlich ausreichend Tagesfreizeit. Er kam schon mit diesem Beinamen in den Klub. Einige Mitglieder, die sich – aus den verschiedensten Gründen – wegen dieser Nebensächlichkeit schon zu Gedanken hinreißen ließen, gingen bei der Klassifikation seiner allgemeinen – im Speziellen aber geografischen – Bildung davon aus, dass er wahrscheinlich nicht einmal die Hauptstadt dieses Landes würde nennen können. Auch ihm selbst gefiel dieser Spitzname gut.

Der Albaner war nun schon mehrere Jahre ohne Arbeit; genau genommen überwogen diese Zeiten gegenüber den Zeiten, zu denen er einer Beschäftigung nachgehen musste. Die längste Zeit ununterbrochen beschäftigt war er als Lehrling der VÖEST, wo er in der Lehrwerkstätte zum Ofenmaurer ausgebildet worden war.

Ofenmaurer, eine durchaus ehrbare Profession, standen in der internen Rangordnung der VÖEST-Lehrlinge am letzten Platz, denn Ofenmaurer, Gießer und Former wollte niemand lernen, obwohl dies durchaus gefragte Berufe waren; mit Lebensanstellung. Ofenmaurer, Gießer und Former wurden die, die bei den internen Bewerbungstests für Maschinenschlosser, Werkzeugmacher, Schweißer, Betriebselektriker, Schmiede, Betriebsschlosser, Dreher und Fräser sowie Spengler am schlechtesten abschnitten. Damit blieb nur mehr die Option, Gießer, Former oder Ofenmaurer zu lernen. Das bessere Drittel dieser Versagergruppe durfte Gießer werden, das zweitbeste Drittel Former und der Rest Ofenmaurer.

Die Klubmitglieder des Tennisvereins schätzten die Formulierung ‚einer Beschäftigung nachgehen musste' durchaus realistisch ein, wenn sie sich so ausdrückten, denn von sich aus wollen hat er das nie recht!

Doch er brauchte sich nicht notwendigerweise um Arbeit umschauen, weil er von Frauen ausgehalten wurde und bei diesen auch wohnte. Er vermied die Diktion ‚wohnen durfte', weil es ausschließlich in seinem, und wirklich nur in seinem Ermessen lag und ausschließlich nur seine höchstpersönliche Entscheidung war, wo er – salopp gesagt – seine Eier zu platzieren pflegte.

Vor diesem Tennisklub in der Karl Steigerstraße gab es bereits zahlreiche andere Vereine, zum Beispiel den in der Ferdinand-Markl-Straße, den am Froschberg, den in Nettingsdorf, wo er sogar längere Zeit in der Sauna hatte schlafen dürfen, den in Steyregg, den in Mauthausen, in St. Valentin, Pyburg, Asten, St. Florian, und hierorts sowohl bei der Union als auch beim ASKÖ, beim ÖTB Urfahr und so weiter, bei welchen er bei den weiblichen Mitgliedern schon mehr oder weniger durchgereicht worden war.

Der Albaner hatte es auf Grund des G'risses der Frauenschaft um ihn nicht einmal notwendig, sich um Notstandsgeld zu bemühen. Er war flexibel, er konnte innerhalb weniger Minuten zu einer anderen umziehen; eine flüchtige, geringschätzige Bewegung, ein unpassendes Stirnrunzeln, das Hochziehen einer Augenbraue oder ein dummes, unüberlegtes Wort, wie zum Beispiel ‚Liebe', ‚Kinder' oder gar ‚Hausarbeit', ein zu geringes Sponsoring oder eine andere in Aussicht stehende Frauenbekanntschaft waren Anlass genug.

Dann ging er. Rasch, um den Abschiedsschmerz nicht überborden zu lassen; und um Episteln und allfällig geforderte Rückzahlungen hintan zu halten. Neuerdings – insofern er die Sache überhaupt einer Erklärung für wichtig genug erachtet – wählt er dafür sogar die neumoderne Form des Short Message Service, dem schlichten Normalvolk geläufiger als SMS.

Doch es gab nicht nur ein Mal eine Situation, dass er urplötzlich, so rasch wie er eine Frau verlassen hatte auch schon wieder – mehr oder weniger reuig – zurückkam und – ja so gutherzig sind Frauen manchmal – zurückgenommen wurde. Das gab es schon mehrere Male. Und sein überzeugendstes Argument befand sich – Gott-lob-und-dem-Himmel-sei-Dank – noch immer an derselben Stelle.

Die gesamten Habseligkeiten hatte er schnell beisammen. Sein vollständiges Hab und Gut befand sich in genau zwei Tennistaschen. Seine Tennistasche mit den zwei – als Profi, wie er sagte, braucht man einen fürs Spiel und einen als Reserve – Schlägern, Tennisleibchen, Tennishosen und Reservesocken und die zweite Tennistasche mit bescheidenen Habseligkeiten samt Geburtsurkunde waren rasch gepackt.

Er besaß keine Straßenschuhe, nur Tennisschuhe. Und eine banale Unterhose trug er auch nicht. Nie. Das fiel erst mit der Zeit auf und man machte sich auf diese Tatsache gegenseitig aufmerksam. Die Frauen begannen zu tuscheln und unter den Herren ließ der eine oder andere die Bemerkung fallen, dass das Scheunentor offen stünde und der stinkfaule Knecht auf dem Kartoffelsack herumliegt. Außerdem hatte er eine eigene Art des Sitzens, nämlich den linken Fuß angewinkelt und auf die Sesselkante gestellt. Bei dieser Gelegenheit war – höchstwahrscheinlich gewollt – deutlich zu erkennen, dass er keine Unterhose anhatte und ein sogenannter Rechtsträger war.

Der Albaner war sich dieser gewährten Aussichten sehr wohl bewusst. In Verkennung der Tatsache, dass hier – von der Ausstattungsdimension her – absolut keine Besonderheit vorlag, liebte er diese Position.

Seinen Trainingsanzug trug er sowohl im Sommer als auch im Winter. Mehr oder weniger unangenehm aufgefallen war er lediglich einmal, als er im Februar im Trainingsanzug zu einer Hochzeit von Tennismitgliedern erschien. Er verkörpere – meinte er auf die fragenden Blicke lapidar– eben die sportliche Seite dieses traurigen Freizeitklubs, irgendeiner müsse doch hervorkehren, dass hier auch Hochleistungssport betrieben würde; es mache ihm nichts aus, das mache er gerne.

Mitglied im Klub selbst war er wahrscheinlich nur noch deshalb, weil er in der Kampfmannschaft spielte und es da keinen gab, der ihm hätte Paroli bieten können. Er war wirklich die unangefochtene Nummer eins des Vereins. Die Männergilde der Freizeitsparte im Klub mochte ihn nicht, weil er pausenlos am Braten war und keinen Unterschied dabei machte, ob die Frau, die er gerade anbriet, verheiratet war oder nicht.

Da genügte schon ein längeres Anschauen, ein falsch verstandener flüchtiger Blick, ein vergessenes Lächeln, ein besonderes hübsches Kleidchen oder eine zu wenig verdeckende Bluse. Allein deshalb gab es ständig Zoff mit ihm. Doch die wechselnde Mitgliedschaft in zahlreichen Tennisvereinen hatte ihn erfahren gemacht, raffiniert und abgehärtet.

Er trank gerne und viel, doch bei der Begleichung der Zeche musste er meistens streiten, weil dieses gierige Pack von Platzwarten und Kantinären ständig zu viel – und das zu einer Zeit, wo auch diese der Registrierkassenpflicht bereits unterlagen – auf die Rechnung setzte. Es stimmte ja wirklich, es gab tatsächlich welche, die ihm ein Mehrfaches verrechneten. Präventiv. Das aber nur deshalb, um frühere Schäden zu kompensieren oder aber bei der Zeche einen Verhandlungsspielraum zu haben. Hatte er fünf Halbe getrunken und man reklamierte acht, dann konnte man sicher sein, maximal die fünf bezahlt zu erhalten. Und selbst das war äußerst schwierig.

Einige aus dieser Gilde, die schon leidvolle, respektive kostspielige, Erfahrungen mit ihm gemacht hatten, gingen dem aus dem Wege, indem sie bei jedem servierten Getränk gleich abkassierten. Dieser – von ihm als ungerechtfertigt angesehenen – Maßnahme hoffte er auszuweichen, indem er es so einrichtete, beim Servieren des Getränkes nicht anwesend zu sein. Erfahrenes Servierpersonal durchschaute diese Finte rasch und lieferte das Bier dann erst während seiner persönlichen Anwesenheit aus. Dies ging einmal so weit, dass nach vier Servierversuchen der Schaum des Bieres komplett zusammengefallen war und er das Bier aus diesem Grund zurückwies. Er meinte dann lauthals, sich nicht alles gefallen lassen zu müssen, man hätte ihn da leider gezwungen, ein deutliches Zeichen zu setzen.

Eine schon ältere, erfahrene Serviererin, die nur fallweise aushalf, nahm sich – Sie können das ruhig ausprobieren, das funktioniert wirklich! – einen Schluck Bier aus seinem Glas und spie ihn schnell mit Druck zurück. Und schon war die gewünschte Schaumkrone da. Jedes Mal, wenn der Albaner sein Bier von ihr erhielt, lobte er sie lauthals und überschwänglich und stellte sie als Vorbild der Gilde hin. Die meisten aber in der Runde kannten ihren Trick und grinsten deshalb wissend und schadenfroh.

Das Spiel ging aber weiter. Bei den Tennisvereinen der Region wurde er bereits der ‚flache Albaner' genannt. Bier erhielt er dann nicht mehr serviert, sondern nur auf Selbstbedienung. Das wiederum wollte er sich nicht gefallen lassen und versuchte es zu konterkarieren, indem er ein paar Mal sein Bier nur mit Ein-, Zwei- und Fünfcentstücken bezahlte. Bis der Kellner den Mist gezählt hatte, war er schon wieder über alle Berge beziehungsweise das Bier war schon wieder fast ausgetrunken. Für eine Reklamation war es dann auf alle Fälle zu spät.

Die Konsequenz daraus war, dass er künftig sein Getränk im Vorhinein zu berappen hatte. Noch ehe der Kellner den Griff zum Glas und dann zur Bierpipe tat, musste die Kohle – maximal fünf Münzen – auf der Theke liegen. Beinhart.

Pech hatte er einmal, als er eine einem Zweieurostück sehr ähnlich sehende türkische Münze, nämlich 50 Kuruş, ausgerechnet einer türkischstämmigen Kellnerin andrehen wollte und die das – natürlich – sofort entdeckte. Sie ließ sich nichts anmerken, schüttete kurzerhand die ‚Hansln' einiger abservierter Gläser zusammen, spuckte dazu mehrmals ins Glas und rührte das Gesöff mit einem Strohhalm so lange, bis ein schöner Schaum das Glas zierte und sie es servieren konnte. Das Bier war dann zwar nicht regelrecht ‚hefetrüb', aber trüb auf alle Fälle und der Schaum war auch schön anzusehen.

*

Im Vorstand waren sich die meisten darüber einig, diesen Kerl möglichst rasch aus dem Klub hinausbringen zu wollen, nur fürchtete man allgemein den Widerstand des Mannschaftsleiters, der in ihm eine große Stütze der Mannschaft sah. Auch nahm man an, würden einige Tennisdamen reklamieren und in diesem Fall fürchtete man die Preisgabe vertraulicher Informationen um Verfehlungen einzelner Damen, deren dieser kundig war.

Doch neuerdings stand – zur großen Freude vieler – ein freiwilliger Klubwechsel des Albaners in Aussicht. Beim letzten Meisterschaftskampf gegen den in Ebelsberg ansässigen Tennisklub hat er Margit, die dortige Kantinärin, kennengelernt. Dieser gefiel, dass er sich nicht daran störte, achtzehn Jahre jünger als sie zu sein. Sie hingegen störte es nicht, dass er ohne Arbeit war. Umso leichter würde es ihm fallen, spekulierte sie, ihr erstens bei der Arbeit ein wenig zur Hand gehen zu können, schließlich wurden die Bierkisten anstatt leichter immer schwerer und zweitens stand sie ohnedies auf jüngere Männer.

Die Geldfrage war für sie nicht wirklich relevant, sie hatte gute Einnahmen und aus einer Erbschaft genug Erspartes auf mehreren Sparbüchern. Am Sportplatz fiel es bisher noch nie auf, ob sie eine oder mehrere Kisten Bier schwarz verkaufte.

Einzelne Tennisdamen kamen – nicht zuletzt wegen der etwas schnippischen Art von Margit – überein, diese nicht zu warnen und ihr auch nicht zu raten, ihre Sparbücher und Klunkerchen in Sicherheit zu bringen. Der Albaner hatte bei zahlreichen von ihnen bereits abgeräumt und dann, wenn es ans Eingemachte ging, sie allesamt mit seinem Wissen um ihre sexuellen Praktiken und Vorlieben frech erpresst.

Vorletzte Woche wagte es dann die – alle hatten sich gewundert, warum er sich dieser angenommen hatte – mollige Gerlinde, sich wegen dreier verschwundener Sparbücher, ihres hoffnungslos von Unbekannten überzogenen Gehaltskontos und einer verschwundenen Münzsammlung an die nächste Polizeidienststelle zu wenden. Bei dem darauffolgenden Prozess wurden einigc – außer Martin übrigens nur weibliche – Mitglieder des Tennisklubs als Zeugen nominiert.

Und zufälligerweise ab genau diesem Zeitpunkt hatte der flache Albaner – aus einem für die Meisten sonst nicht erklärbaren Grund – einen Pick auf Martin. Das war vollkommen unverständlich, weil ihm Martin weder beim Tennisspiel, noch beim Aussehen, der Intelligenz oder wegen seiner Wortgewandtheit und auch nicht bei den Frauen in die Quere hätte kommen können.

Dass sich der Albaner gerade den unbedarften und körperlich wie geistig völlig wehrlosen Martin als Reibebaum aussuchte, überraschte viele.

*

Martin.

Martin war ein gefälliger Kerl. Relativ nett, relativ niedlich und relativ unkompliziert. Er grüßte ordentlich, hielt den Leuten die Tür auf, bückte sich, wenn jemandem etwas auf den Boden fiel, und hob es brav auf, half tragen, insofern man ihn dazu aufforderte und war in gewisser Weise auch gefällig. Nicht so wie diese sich hemmungslos überschätzenden Machos vom Verein. In diesem Sinne war seine Erziehung eigentlich gut. Man konnte Martin zu gewissen – geistig allerdings nicht besonders anstrengenden – Aufgaben einteilen. Für körperliche, sich wiederholende Arbeiten war er geradezu prädestiniert.

Gewisse Aufgaben? Na ja, Arbeiten halt, wie gesagt, die ihn nicht überforderten, die durch einfache, nicht falsch zu verstehende Befehle erledigt werden konnten. Bei bestimmten Dingen war es wohl klüger, diese selbst zu verrichten, denn das Beaufsichtigen von Martin war sowohl zeitaufwändig als zumeist auch nervenaufreibend. Martin war unbedarft, einfach gestrickt, berechenbar und folgsam.

Der Ausdruck Faktotum ist vielleicht nicht gerade die richtige Bezeichnung, setzt er doch voraus, dass die solcherart bezeichnete Person eine vielseitige Hilfskraft wäre, sozusagen das so genannte Mädchen für Alles. Manche meinen damit auch einen Diener, Helfer, Gehilfen, Lakaien oder Domestiken. Keines der benutzten Bezeichnungen ist jedoch wirklich zutreffend, am allerwenigsten das Adjektiv vielseitig.

Martin war im Tennisklub Mitglied, weil er, weil er, ja warum? Weil er – genau! – weil er den Mitgliedsbeitrag pünktlich bezahlte. Und ab und zu – aus dem schlechten Gewissen heraus, ihm seine Position nicht erklärt zu haben oder zu feige dazu zu sein – spielte man mit ihm Tennis und nahm ihn da- und dorthin mit. Einfach so. Hätte er aber irgendjemandem zu viel Mühe gemacht, hätte man ihm dies sicher deutlich genug zu verstehen gegeben, schließlich war man im Sinne der Eigeninteressen Mitglied und nicht als Sozialarbeiter oder Beschäftigungstherapeut.

Einmal wurde er zu einem Vergleichskampf nach Freistadt mitgenommen. Eigentlich grundlos, nur weil er zufällig am Parkplatz herumgestanden hatte. Nein, nicht zum Spielen. Einfach so; er stand sonst auch öfters am Zaun und schaute von außen zu.

Und er wurde dann prompt, weil er zum Heimfahren nicht wieder zufällig am Parkplatz stand – er war nämlich noch rasch urinieren – vergessen. Einfach so. Er konnte erst am nächsten Tag mit dem Schichtbus wieder nach Linz fahren, extra umdrehen wollte nämlich auch keiner. Als sein Fehlen aufgefallen war, waren sie nämlich schon einhundertzwölf Meter vom Parkplatz entfernt; ein riskantes Wende- oder Rückfahrtsmanöver war da nicht mehr drinnen.

*

Höhere Anforderungen durfte man an Martin keine stellen. Er war der, den man für allerlei Aufgaben, überwiegend geringwertige, heranzog und der damit belohnt wurde, dass er dabei sein durfte, ab und zu ein – aus Vorsichtsgründen, damit er nicht betrunken irgendeinen Blödsinn machen würde – alkoholfreies Bier spendiert bekam oder – ohnedies bereits leicht angebrannte – Bratwürstel, für die sonst keiner mehr etwas zahlen wollte.

Und wenn er versprach nicht zu stören, wurde er sogar im Auto mitgenommen. Einmal musste er eine geschlagene Stunde außerhalb des Autos warten, weil der Fahrzeughalter mit der Beifahrerin sehr intensiv einen Austausch pflegte. Nein, nicht Meinungen, eher schon Körperflüssigkeiten.

Einige nicht gerade mit guten Manieren ausgestatte Mitglieder des Klubs, der kleine alkoholabhängige Alois zum Beispiel, oder der blondgelockte Schreihals Heribert, der ungenierte seine gerade erst volljährig gewordene Freundin mit auf den Tennisplatz schleppte und die in seiner Abwesenheit mit der Preisgabe dessen prahlte, worauf Heribert so stand und dass ihr das gar nichts ausmachen würde, dann der Klugscheißer Kurt, der stoppellockige, immer alles besser wissende und dazu von seiner geltungssüchtigen Frau aufgestachelte Motorradfreak Edward, der Mühe hatte, den Motor seiner Harley-Imitation am Laufen zu halten und deshalb ständig nervös am Gasgriff drehte, die traurige Tormannlegende Wolfgang, der seit einer an einem Torpfosten abrupt endenden Parade seine Verwirrtheit nicht mehr ablegen konnte, dann der von seiner erfolgreichen Frau damals noch protegierte Geschäftsführer vom Automobilklub SCHLEPPAB Wolfgang P., bevorzugten es, wenn sie merkten, dass Martin unerwartet zu einem Satz ansetzte, zu ihm ganz einfach ungeniert „Gusch!" zu sagen. Martin hielt sich prompt daran.

Martin war, um es auf den Punkt zu bringen, mit großem Abstand das unwichtigste Mitglied des Klubs.

Beim jährlichen Platzherstellen nach dem Winter, so etwa – je nach Witterung – gegen Ende März bis Mitte April, half Martin jedes Mal gerne. Am liebsten war es ihm immer, mit der Motorwalze den Tennisplatz zu planieren, hin und her und kreuz und quer. Anfangs ließ man ihm dies auch gerne tun, wo sich ohnedies kaum jemand für diese monotone Arbeit fand. Nachdem er jedoch mehrmals – bei einer Geschwindigkeit von gerade einmal maximal zweieinhalb Stundenkilometern – den Retourgang nicht rechtzeitig fand und drei Meter hohe Zaunsteher in Serie in Schieflage brachte, zog man ihn von dieser Arbeit ab. Und das, obwohl diese Arbeit sehr zeitaufwändig, lästig, beschwerlich und ermüdend war und für diese traditionell sonst niemand gefunden wurde.

Schließlich durfte er dann mit der Scheibtruhe die Säcke mit dem neuen Tennismehl ausfahren, aufstechen, den Sand entleeren, die Kunststoffsäcke zusammenknüllen und zu einem in der Nähe situierten Entsorgungscontainer bringen.

Einige Mitglieder erinnern sich noch, dass bei so einer Gelegenheit der resche Frühlingswind in die leeren Säcke blies, diese hochwirbelte und in der angrenzenden Siedlung verstreute. Wie Martin da – nur ein Schelm könnte bei so einer Gelegenheit herzhaft lachen – den aufgewirbelten Säcken nachgestartet und zu guter Letzt mit seinen schönen, neuen, hellbraunen Sandalen in einen Hundekaktus getreten war, dass ihm die – pardon – Scheiße zwischen den Zehen herausquoll, wurde zu späten, alkoholschwangeren Stunden oftmals gerne geschildert.

Am meisten entsetzt dabei aber hatte Martin die Perfidie des Platzwartes – den er mit dieser Arbeit in Wirklichkeit ja entlastete – ihn nicht mehr auf den Platz lassen zu wollen und er deshalb nach Hause gehen musste, um seine Sandalen zu waschen oder überhaupt zu wechseln.

Zum Schluss bellte er: „Die kannst Du eh nicht mehr anziehen, mit denen kommst Du mir da nicht herein!“

Alteingesessene, sozusagen gestandene, Mitglieder des Tennisvereins begrüßten Martin dann – sich dabei überaus originell dünkend – mit demonstrativ zugehaltener Nase.

*

Saisoneröffnungsturnier.

Karin war eine liebe, nette, sympathische, blondierte, aparte, leicht mollige Endvierzigerin mit einem sich reziprok zu ihrer Begehrlichkeit abstrahlenden Sexappeal. Nachdem ihre Tochter schon seit ein paar Jahren glücklich und – Gott-lob-und-dem-Himmel-sei-Dank – betucht verheiratet war und der Sohn sich auf bestem Weg befindet, seinen Turnusdienst im Allgemeinen Krankenhaus der Stadt mit allen notwendigen Prüfungen abzuschließen und die eigene Praxis gemeinsam mit seiner Frau – ebenfalls einer Ärztin – zu eröffnen, konnte sich Karin neben ihrer wenig zeitraubenden und stressfreien Beschäftigung als Religionslehrerin den angenehmeren Dingen des Lebens zuwenden.

Gerhard, Karins Ehemann– sein Vorname ist wegen Erkennungsgefährdung geändert – war ein lockerer Typ. Seinen – seit einigen Jahren durch Besitz des richtigen Parteibuches begünstigten – Posten als Hauptschuldirektor übt er engagiert, aber dennoch – das ist aber nicht abwertend gemeint – sehr, sehr routiniert aus.

Obwohl er, ebenso wie Karin, lange Jahre Mitglied des Sozialistischen Lehrervereins war, wurde er dann von einem Freund, auch ehedem Mitglied und sogar Funktionär der roten Berufsvertretung, von einem Parteiwechsel überzeugt.

„Schau doch“ meinte dieser mit einem Unschuldslächeln und Augenaufschlag, „ich hätte diesen Posten da als Sozi nie und nimmer bekommen. Du weißt doch eh, dass der Landesschulratspräsi ein Schwarzer ist und hündisch seinem Landespepi ergeben, und unser oberster Gewerkschafter ist er auch und ein Stellvertreter vom Landes-ÖAAB-Chef ist er auch. Du wirst doch nicht so blöd sein und Dir erwarten, dass da eine einzige Ausschreibung auf einen Direktorposten auf Dich passt. Nicht einmal eine schulfeste Stelle kriegst Du, nicht einmal den Posten als Hilfsschulwart! Ja, vielleicht in Hühnergeschrei oder Hinterganswatschling. Und wenn Du wirklich ein sooo Roter bist, wie Du tust, Du kannst eh noch immer rot wählen, wenn Du willst."

Gerhard machte liebend gerne Supplierstunden, schon auch deshalb, weil diese für ihn als Direktor als Überstunden entlohnt wurden. Seine besten Beziehungen in die Landesschuldirektion machten sich schon mehrmals bezahlt, zum Beispiel, als er eine ihm lästig gewordene Kollegin, die ihn auf Grund völlig falsch verstandener Liebesschwüre zur Scheidung drängte, versetzen ließ. Sein neuer und alter Parteispezi hatte ihm aber bei dieser Gelegenheit nachhaltig erklärt, dass dies das allerallerletzte Mal gewesen wäre, dass er ihm aus einer derartigen – noch dazu selbst verschuldeten und dummen –Notlage helfen würde.

Gerhard war, was man aus alledem schließen konnte, ein smarter, lockerer, nicht Kost verachtender Typ. Sein Aussehen war – nicht zuletzt wegen seiner aberwitzigen Föhnwelle und seines mächtigen Stalinbartes – gut. Außerdem: …im Tennisklub hingen die Trauben tief.

*

Karin und Gerhard hatten schon längere Zeit keinen Sex mehr. Miteinander. Karin, deren richtiger Vorname auch ein anderer ist und nur wegen einer allfälligen Erkennungsgefährdung durch ihren Ehemann ebenfalls hier geändert wurde, nahm, wie einige andere Tennisdamen auch, gerne an diversen Feiern und Geselligkeiten des Klubs teil. Ab und zu ergaben sich daraus erfreuliche Kontakte, die vereinzelt sogar eine ganze Saison lang andauerten.

Jedes Jahr etwa Anfang Mai, bei länger andauerndem Schönwetter sogar schon bis zu zwei Wochen früher, fand traditionell das lang erwartete sogenannte Saisoneröffnungsturnier statt. Da wurden die Karten stets frisch gemischt. Alle Klubmitglieder, die ihren Mitgliedsbeitrag pünktlich entrichtet hatten und insbesondere alle neu aufgenommenen Mitglieder wurden rechtzeitig nicht nur zu den Platzarbeiten, sondern auch zu diesem Turnier eingeladen. Bei dieser Gelegenheit fand ein Doppelturnier mit Damenbehinderung, wie dieser Bewerb scherzhaft genannt wurde, statt. Es wurden Doppel zusammengelost, jeweils eine Dame und ein Herr.

Martin zog mit Karin das große Los, beziehungsweise war es umgekehrt so. Bereits im ersten Spiel schieden sie erwartungsgemäß aus. Martin half dann dem Platzwart, dem er inzwischen verziehen hatte, bei der Arbeit und schaute mehr oder weniger gelangweilt bei den anderen Spielen zu.

*

Für den Abend war dann eine kleine Siegerehrung mit Grillerei, Sektbar und Tanz geplant. ‚Lois aus Auwiesen' war – wie schon jahrelang – als Entertainer engagiert und führte stolz sein neues, weißes, mit Glitzersternchen besetztes Elvis-Presley-Kostüm vor. Wäre da nicht seine unverkennbar dünne Stimme gewesen, hätte man durchaus annehmen können, es wäre Elvis persönlich, der da singt; sechzigjährig und doppelt so aufgedunsen wie bei seinem letzten Auftritt.

Der übergewichtige, stimmschwache und relativ unmusikalische Möchtegern-Entertainer säuselte mit seinen dicken Backen seine Liedchen und unterhielt die Leutchen mit seinen uralten, abgelutschten, derben, peinlichen und meist sexistischen Witzen, die er zwischen den Musikstücken oder in den größeren Pausen von sich gab.

*

Mit viel Wetterglück waren sämtliche Spiele über die Runden gebracht worden. Beim alles entscheidenden Finalspiel hatten sich sogar die Wolken verzogen und wärmende Sonnenstrahlen das Großereignis beleuchtet.

Die Spiele waren gelaufen. Viele Mitglieder hatten am Doppelbewerb teilgenommen und waren gekommen, um die Sieger zu würdigen, ihre Trophäen in Empfang zu nehmen und freuten sich auf einen vergnüglichen Abend. Der Wettergott, wie man so banal zu sagen pflegt, hatte wieder einmal Einsehen mit den Spielen. Aber vorausblickend waren in der Tennishalle Biertische und Bänke aufgestellt worden. Jeder Teilnehmer hatte zahlreiche Gutscheine für Bier, Spritzer und Bratwürsteln erhalten. Auf einem Biertisch, direkt vor dem Musikanten, war ein dunkelblaues Samttuch ausgebreitet worden, auf dem die Pokale und Ehrenteller aufgestellt waren. Auf einem weiteren Tisch lagen die Sachpreise, die in den letzten Wochen herangeschafft worden waren: Bücher, Tennisbälle, Schweißbänder, Tennistaschen, Probepackungen Duschgel, Sonnencreme, Eiskratzer und eine Garnitur nagelneuer Schneeketten.

*

Die Siegerehrung nahm der extra zu diesem Spektakel erschienene ‚örtliche Bürgermeister', von seinen Parteifreunden kurz ‚ÖB' tituliert, vor. Der haarlose, etwa 190 Zentimeter große Endvierziger fiel in der Runde sofort auf, erschien er nämlich trotz des sehr warmen Frühlingswetters in einem anthrazitfarbenen Anzug – damit den immer in dezenten dunkelschwarzem Anzug auftretenden richtigen Herrn ‚B' imitierend – und mit korrekt umgebundener Krawatte. Über seinen komplett von der Haarpracht befreiten, ‚polierten Kürbis' (O-Ton: Jugend-Vorsitzender Gerry K.) rannen Sturzbäche von Schweiß.

Die meisten Anwesenden kannten den ÖB bereits, war er doch der einzige Semi-Prominente, der immer zu diesem Anlass kam und – deshalb, und das wusste er selber auch, wurde er ja eingeladen – in dankenswerter Weise ein Fass Bier und einen schönen Pokal spendierte. Einzelne Anwesende, bereits langjährige Mitglieder des Tennisklubs und anscheinend Subkassiere oder Wahlzeugen seiner Sektion, redeten an bestimmten Stellen seiner Ansprache synchron mit; offenbar kannten sie den Text schon auswendig.

Gerry K. hatte, das sei aber nur nebenbei erwähnt, beim vergangenen Parteiball, der unter dem Motto ‚Tanz auf zwei Ebenen' im Kleinmünchnerhof abgehalten worden war, den ÖB mit einer diesem frappant ähnlich gestalteten Bauchsprechpuppe imitiert und damit Standing Ovations eingefahren.

Der Jungsozialist hatte auf einem einfachen, braunen Papiersackerl von Resch&Frisch einen roten, mit Butter eingefetteten Luftballon befestigt, vorne eine Kopie des ÖB draufgepickt und eine von diesem auf einem Diktiergerät aufgezeichnete Rede abgespielt. Ein echter Bauchredner hätte das sicher nicht besser gekonnt.

Dabei hatte er gleich noch ein paar Kunstpausen, gespickt mit dem beliebten äääh und dem – diesen damit weithin erkennbaren und charakterisierenden – fallweise – unmotivierten – meckernden Lachen des ÖB eingefügt.

Gerry, der den ÖB nicht mochte und ihn bei jeder sich bietenden Gelegenheit kritisierte und lächerlich zu machen versuchte, musste zu später Stunde in der Sektbar diese Einlage gleich dreimal wiederholen und sorgte – vor allem bei den zahlreichen Gegnern des ÖB – in der gesamten roten Hemisphäre für schadenfrohes, anhaltendes Gelächter.

*

„Zwei, drei, zwei, drei.“ sagte dieser, sich zuvor ausgiebig räuspernd, ins Mikrofon, während er dieses, welches offenbar einen Wackelkontakt hatte, schüttelte und mit den Fingerspitzen nervös darauf trommelte. „Liebe Mitglieder des Tennisklubs. Äääh, hört man mich? Ich habe schon gefürchtet, ich stottere, määäh, määäh, aber das Mikrofon hat anscheinend was. Ja? Man hört mich jetzt? Danke. Zuvorderst möchte ich sagen, dass ich ja gerne – äääh – bei Euch Tennis spielen würde, nur ein Meniskusschaden, den ich mir – määäh – beim Fußballspielen zugezogen habe, lässt das nicht zu.

Ich möchte mich für die freundliche Einladung herzlich bedanken, ich komme ja nicht wegen der Wahlen im Herbst hierher, nein, ich komme immer, wenn ich eingeladen werde und jeder weiß, dass mir das – äääh – auch ein Fass Bier wert ist und ein paar Pokale.

Ich freue mich jedes Mal ehrlich wieder, wenn ich höre und sehe, was in diesem Sportverein alles geleistet wird. Nicht nur beim Tennis, nein, sondern auch beim Kinderturnen zum Beispiel oder beim Seniorenturnen, beim Nordic-Walking, beim Stockschießen oder beim, beim, beim…äääh. Na, dass mir das jetzt nicht einfällt, bitte um Entschuldigung. Na, der Spitzensport mit den Kugeln. Nein, nicht Zimmergewehrschießen! Ja. Danke. Beim Miniaturgolf. Ja. Das habe ich schon gelernt, dass es – määäh – da einen Unterschied gibt zwischen Minigolf und Miniaturgolf. Das hat mir Euer Werner erklärt.

Bei dieser Gelegenheit möchte ich auch ein paar Worte dazu sagen, was die Stadt Linz für den Sport – äääh – alles tut. Und weil gerade wir von unserer Fraktion den Sport sehr ernst nehmen und wir ganz genau wissen, wie wichtig dabei die Arbeit der Vereine ist, haben wir nicht nur im Bezirksverband einen neuen Boden gelegt, sondern auch in der Stadtregierung einen sehr, sehr engagierten und ambitionierten neuen Stadtrat für den Sport installiert. Nicht nur, dass dieser – äääh – zufällig mit der gleichen Frisur wie ich – määäh – sein Haupt ziert, nein, sondern auch in anderer Weise ist der Mann eine wirkliche Integrationsfigur und deshalb nicht umsonst auch der Integrationsstadtrat.

Wir haben längere Zeit gar nicht gewusst, dass im Sport eine dermaßen große Unzufriedenheit wegen dessen Vorgängerin herrschte. Das war leider eine totale Fehlbesetzung. Ja, leider. Aber letzten Endes haben wir doch noch rechtzeitig reagiert. Bin ich – äääh – froh!

Es ist total sinnwidrig, einen Tischtennisverein, übrigens das Liebkind der Stadträtin, so maßlos zu fördern, nur weil sie dort Tennis spielt. Die eine Hälfte der Subventionen hat der Manager geschluckt und die andere Hälfte die chinesische Spielerin. Das sage ich jetzt sogar, obwohl ich bei der gleichen Fraktion bin!

Und überhaupt nicht gescheit war, denen am Lißfeld eine um neunzehn Millionen Euro sauteure Halle zu bauen. Eine Kostenüberschreitung wie – äääh – beim Berliner Flugplatz. Und die blechen jetzt gerade so viel Miete, dass man damit den Strom für den Haarföhn zahlen kann.

Wir sind deshalb davon abgekommen, für Turnsäle Mieten zu verlangen. Das ist kontraproduktiv! Wir wollen keinen Sport mehr fördern, wo man den Vereinen das Geld – äääh Entschuldigung – hinten hineinschiebt, und jeder von Vorneherein weiß, was dort herauskommt. Oder wo sich, wie man hört, übergewichtige Funktionäre und überwichtige Manager das Geld gegenseitig arschieren.

Ja, und weil ich da direkt vorhin darauf angesprochen wurde, dass ich mich für eine Subvention von fünftausend Euro für den Minigolfclub MC Kokerei oder MC Gasometer, was weiß ich, wie der wirklich geheißen hat, eingesetzt habe; das Geld ist hinausgeschmissen, uneinbringlich, ja, vielleicht sogar unterschlagen, wahrscheinlich bei sogenannten Arbeitsessen aufgegangen. Der Präsident und Manager, wie er sich so nannte, schaut nicht umsonst so ausgefressen aus. Vielleicht hat es der Kerl auch wegen seinem Konkurs eingesackt. Was weiß ich.

Es kennt ja eh jeder das Sprichwort – äääh - vom alten Henry Ford, der gesagt hat: ‚Ich weiß, die Hälfte meiner Werbeausgaben sind umsonst, aber ich weiß leider nicht, welche Hälfte.'

So geht es mir auch – äääh – bei meiner politischen Arbeit. Nur bei mir ist es Gott-lob-und-dem-Himmel-sei-Dank nicht die Hälfte, sondern nur fünfundsiebzig Prozent!

Die Dinge sind nun mal so, wie sie sind, hat ein bedeutender Philosoph einmal gesagt. Dem kann ich mich vorbehaltslos anschließen. Ja, ja, im Nachhinein – äääh – ist dann ein jeder gescheiter, ich für meinen Fall möchte das aber ausschließen, und…"

*

Das Schicksal wollte es, dass der Rest der bedeutungsschwangeren Rede und insbesondere des begonnenen Satzes in plötzlich erregtem Gemurmel unterging und so der wahre Sinn seiner Worte nicht ans Tageslicht kommen sollte.

Es hatte nämlich der Griller Feuer gefangen und der Wasti, der bei diesen Gelegenheiten stets gekonnt das Fleisch, die Käsekrainer und die Bratwürstel grillte, händeringend unter Einsatz zweier Geschirrtücher mit dem Eindämmen der Flammen beschäftigt war. Er machte dies so geschickt, dass die bisher dem örtlichen Bürgermeister gebannt Zuhörenden Wasti einen Szenenapplaus spendeten.

Der ÖB schlussfolgerte daraus jedoch irrtümlich, dass die Zuhörer ob seiner Rede dermaßen entzückt waren, dass deshalb ihm diese Beifallsbezeugungen galten und verbeugte sich dabei zur allgemeinen – eher ungewollten – Heiterkeit der Anwesenden – mehrmals.

Würde man dieser – natürlich ungeplanten – Einlage von Wasti Absicht unterstellen, hätte es dramaturgisch sicher keinen besser geeigneteren Zeitpunkt dafür gegeben. Aber wie gesagt, Wasti beteuerte, dass dahinter keinerlei Berechnung stand.

*

Die Stimmung wurde, wie bei solchen Festen immer, beständig vertraulicher. Schon wurde eine nach der anderen der bunten Lampen abgeschaltet. Es bildeten sich kleine Grüppchen und verschiedenenorts rückten Männer Frauen und Frauen Männern näher und argumentierten gestikulierend, busen- und poposchwingend, begleitet von fallweise schrillem Lachen, halbgeilem Gurren, virilen extratiefen Lungenzügen oder serienweise hinuntergekippten Wodka-Feige oder Aperol-Spritz.

Anfangs ging man, wenn man rauchen wollte, in die überdachte Pergola hinaus. Später, als man schon im Schwung war, aufgeheizt von der Stimmung oder Anmache, ging man auch hinaus; nicht immer aber in der tugendhaften Absicht zu rauchen. Das weitläufige Gelände der Sportanlage bot andere Aussichten und Möglichkeiten. Und schließlich gab es noch so viele Worte, die noch nicht gesagt waren, noch so viele Dinge, die noch einer Erledigung harrten und wo gerade jetzt die beste Gelegenheit dazu bestand, dies in vertrauter Stimmung ohne Ohren- und Augenzeugen zu tun.

Martin, der nicht recht wusste, wohin und zu wem und der schon insgeheim damit spekulierte, nach Hause zu gehen, setzte sich auf den die Tennishalle umlaufenden vierzehn

Zentimeter niedrigen Betonsockel und schaute dem Treiben auf der Tanzfläche leicht fadisiert zu.

An diesem Abend war er noch nicht, was bei bisherigen ähnlichen Veranstaltungen schon gelegentlich der Fall war, zum Tanzen aufgefordert worden. Zumeist geschah dies gezielt, um den Lebensabschnittspartner auf der Tanzfläche ein wenig kontrollieren zu können oder zu zeigen, dass man präsent wäre.

Oder es geschah zum Zwecke der eigenen oder allgemeinen Belustigung, war nämlich Martin genau das Gegenteil eines geschickten Tänzers und erregte durch seinen ihm eigenen – unrunden – Tanzstil eine – gelinde formuliert – besondere Aufmerksamkeit.

*

Bis zu dem nachfolgenden, denkwürdigen, den bisherigen Verlauf des Abends vollkommen verändernden Augenblick war Martin ausgesprochen fad, dieser Abend langweilte ihn wie selten einer zuvor.

Doch plötzlich, dank einer delikaten Fügung des Schicksals, wirbelte ein durch das offenstehende Hallentor stiebender Windstoß das ohnedies schon kurze Tennisröckchen einer Tennisdame hoch und ließ erkennen, dass darunter nichts anderes zu sehen war als … blanke Haut.

Martin, aufgeschreckt durch diesen Zwischenfall, bemühte sich nun, unauffällig mehr zu erspähen. Er rutschte mit seinem Gesäß ein wenig über die Betonkante, zog den Kopf ein und hielt ihn unauffällig schief. Ein oberflächlicher Beobachter würde dies eher als Nachdenkpose beschreiben. Aber es war nicht so. Durch diese geschickte Positionsveränderung seines Körpers und insbesondere die Verlagerung des Kopfes konnte er den Betrachtungswinkel so erheblich verändern, dass sich seine Aussicht schlagartig …verbesserte.

Sieben der Tennisdamen, stellte er fassungslos fest, hatten unter ihrem Röckchen nichts an. Aber auch wirklich gar nichts. Sein Interesse steigerte sich. Um sicher zu sein, zählte Martin nochmals und nochmals. Später dann unterteilte er das Gesehene in voll behaart, haarlos und teilrasiert.

Eine der Tennisdamen, Sophie, hatte sich sogar eine Speziallösung einfallen lassen. Sie hatte sich – Überraschung, Überraschung – aus der Krawatte des ÖB einen String-Tanga zusammengebunden. Wie kreativ! Martin erkannte das gute Stück sofort wieder, weil ihm bei der Ansprache des Ehrengastes und Bierspenders das Motiv des Binders, nämlich Goofy, ins Auge gestochen war.

Die solcherart schändlich ihrem zugedachten Gebrauch entfremdete Krawatte hing dann mehrere Wochen lang mit gewissen Spuren der Kontamination am Zaun eingangs der Tennisanlage; fest verknotet und genau in Augenhöhe.

Später hörte man dann Gerüchte, die explosionsartig die Runde machten. Es wurde publik, dass Sophie es war, die sich des ÖB angenommen und ihm die Krawatte abgenommen hatte, wie kreativ sie diese verwendete, und dass beide auffällig unauffällig zu späterer Stunde gemeinsam die Tanzfläche Richtung des sich entlang des Weidingerbaches befindlichen Dickichts verließen. Der Rest waren – nur wer das Mitteilungsbedürfnis einzelner Vereinsmitglieder kannte, verstand das – pure, unbeweisbare, durch nichts untermauerte Unterstellungen und neidvolle, schlüpfrig-lüsterne Mutmaßungen.

*

Karin holte bei passender Gelegenheit ihren Doppelpartner Martin – wahrscheinlich in Ermangelung eines vernünftigen Tanzpartners oder vielleicht sogar aus Dank für die wunderbare Tennispartie und seines heroischen Spiels – zum Tanz. Martins Gesicht glänzte. Mehr oder weniger geschmeidig fügte er sich ihren Tanzschritten.

Dann kam er. Sein Tanz. Roy Blacks Hit ‚Ganz in Weiß'. Playback gesungen von ‚Lois aus Auwiesen'. Die schmelzende Stimme Roy Blacks wurde nur fallweise vom Krächzen des ‚Lois' unterfüttert, ansonsten bewegte er nur die Lippen zu dem ihm geläufigen Text; er war Profi genug, um nur allzu genau zu wissen, wann es angebracht war, sich im Hintergrund zu halten.

Rasch, mit einem unübersehbaren Ruck, hob sich die Stimmung der Tanzpaare. Eng schmiegten sich einige Tänzerinnen und Tänzer, obwohl nicht miteinander verheiratet oder liiert, aneinander. So manches vorwitzige Knie schob sich verstohlen gefühlvoll zwischen die Beine des Tanzpartners, so manche Hand wurde schwer und schwerer und rutschte von der Hüfte abwärts, um schließlich an den Rundungen Halt zu finden. Leise summten einige den Text mit: „…mit eiheinem Bluhumenstrauhauß, so siehst Duhu in meiheinen schöhönsten Träuhäumen aus, ja dann reichst Duhu mihir die Hahand, ganz in Weiheiß…" Und so weiter.

Martin strahlte von einem Ohr bis zum anderen. Schließlich schluckte er zweimal und blickte verlegen zur Seite, ehe er Karin mit heiserer, beinahe versagender Stimme auf ihr kleines, gemeinsames, süßes Geheimnis anredete. „Du", stammelte er, „hast kein Höschen an, ich habe die Sonne gesehen."

Karin tat so, als ob sie es nicht gehört hätte. erst als er dies ein zweites Mal, da aber in unpassender Weise um einiges lauter, wiederholte, legte sie ihm den Finger auf den Mund, vollendete mit ihm den Tanz und lud ihn auf ein Gläschen Sekt ein. Gemeinsam tranken sie das von ihr gestiftetes Glas an der Bar nächst der Tennishallenwand.

Martin erschrak, als Karin – es konnte eigentlich nur unabsichtlich passiert sein – ihre Hand auf seinen Oberschenkel legte. Eine plötzliche Nervosität ergriff ihn. Als aber Karins rechte Hand – wie zufällig – ins Hosenrohr seiner weiten Bermudahose rutschte und dort auf etwas stieß, was Martin heute nicht, so nicht und am allerwenigsten in diesem Augenblick erwartet hatte, wusste er nicht, wie ihm war und wohin er sollte, und wollte stante pede weg, nur weg. Ja, er wollte fliehen. Das ging aber nicht, weil sich hinter ihm die Hallenwand befand und vor ihm Karin den Fluchtweg blockierte. Sie fasste mit der anderen, freien Hand Martin am Tennisleibchen und ließ ihn nicht mehr los.

Plötzlich überschlugen sich die Ereignisse förmlich. Karins rechte Hand wurde jählings feucht, Martin verdrehte die Augen, seufzte abgrundtief, kippte nach hinten, rutschte wie in Zeitlupe vom Hocker und schlug mit dem Hinterkopf gegen die Wand der Tennishalle.

Gott-lob-und-dem-Himmel-sei-Dank rappelte er sich mit Hilfe von Karin sofort unverletzt wieder auf, setzte sich auf den Hocker und schaute mit großen, glasigen Augen Karin verständnislos an. „Was, was, was…?“ waren die einzigen verständlichen Worte, die er von sich gab.

*

Verstohlen, aber sehr interessiert, hatten einige – überwiegend weibliche – Klubmitglieder den Vorfall beobachtet und – je nach Blickwinkel und Standort – interpretiert. Obwohl Ergebnis und Ursache für Einzelne nicht klar erkennbar und allein schon deswegen verwirrend waren, führte das Ereignis nach eingehendem Palaver, genauester Analyse, detaillierter Erörterung, tiefgreifender Diskussion und mehrmaliger Hinterfragung in der Klubgeschichte fortan zu einer gerne willkommenen Bereicherung der Vereinschronik und war über einen längeren Zeitraum der weitgehend am beliebtesten gewählte Gesprächsstoff.

Durch solche Ereignisse erstarkt jedes Vereinsleben, dadurch atmet es förmlich auf. Das ist das Salz der Gemeinschaft!

*

Doch nicht nur einzelne weibliche Mitglieder des illustren Tennisklubs hatten den Zwischenfall beobachtet, sondern auch der Albaner. Und der war echt sauer, denn dies war in Wirklichkeit immer *seine* Stunde, *sein* bevorzugtes Revier, *seine* Klientel. Wo kämen wir denn da hin, rechtfertigte er innerlich seinen Ärger, wenn jeder daherkommen würde und dann im Trüben fischend auch noch ein Fischlein ans Land ziehen würde?

Der heutige Tag war ohnedies nicht ganz sein Tag. Zuerst hatte man ihm – zufälligerweise – die hässlichste Anfängerin, die noch dazu fortwährend über ihre zwei Kinder und über ihren Mann plapperte, zugelost, dann hat man ihnen die stärkste Paarung in diesem Gemischtdoppelbewerb als Qualifikationsgegnerpaar vor die Nase gesetzt, und dann hat man – ach, welch niederträchtiger Zufall wiederum – ihn bei der Verteilung der Bier-, Wein- und Bratwürstelbons übergangen. Und dann noch frech behauptet, er hätte seine Bons schon bekommen und man könne sich genau daran erinnern. Und zu Allerletzt dann keine mehr herausgegeben, weil sie ja genau abgezählt gewesen wären und das nicht ginge.

Und jetzt auch das noch: der strohdumme, beschränkte, armselige, dumme, einfältige, unbedarfte Martin kam ihm in die Quere. Ihm, dem Albaner!

Bei dieser unverschämten Provokation musste er seinen Ruf verteidigen und ein drastisches, für alle verständliches Zeichen setzen! Das konnte er sich doch nicht bieten lassen, wo kämen wir denn da hin?! Also richtete er es so ein, dass er neben Martin zum Stehen kam. Der stand ob der vorangegangenen Ereignisse stumm, verstört und hochtraumatisiert mit glasigen Augen da und rührte sich nicht, obwohl ihn der Albaner laufend anflegelte und zu provozieren versuchte.

In Ermangelung an Antworten oder irgendeiner Regung Martins, was den Albaner mehr und mehr aufstachelte, wurde er deshalb immer lauter und lauter, sodass Umstehende das bereits mitanhören mussten. Einzelne, aufgeschreckt durch das überlaute Reden des Albaners, mahnten schon, doch ein wenig leiser zu sein und endlich Ruhe zu geben.

Als jedoch der arme Martin plötzlich heftig niesen musste und dabei auch noch des Albaners schwer erkämpftes, noch immerhin viertelvolles Glas umstieß, war es aus mit dessen Contenance und er gab Martin zwei schallende Ohrfeigen.

Ehe er Ärgeres anrichten konnte und mit der inzwischen geballten Faust zuschlagen konnte, stürzten daraufhin rasch mehrere – auf so eine passende Gelegenheit ohnedies schon wartende – männliche Vereinsmitglieder hinzu, packten den Albaner unsanft, holten seine Tennistasche aus der Umkleidekabine und warfen ihn mitsamt der Tasche unsanft in die vor dem Klubheim das Klubheim zierende Blumenwiese. Unglücklicherweise fiel er dabei in den vom Alterspräsidenten des Vereins dort gepflanzten und gepflegten Rosenstrauch. Mit schmerzverzerrten Gesicht rappelte er sich hoch, krallte sich an den den Tennisplatz umgebenden Zaun und rief wehklagend: „Meine Schuach! Meine Schuach!“

Zu allem Überdruss beauftragte man Martin damit, ihm seine ‚Schuach' zu bringen, was dieser auch befolgte, nicht ohne sie vorher – für solche Dinge war er dann doch nicht zu einfältig – mit seinem Urin gefüllt zu haben. Mit den bei einem seiner Exchefs, der ein leidenschaftlicher Hundehalter war, abgekupferten Worten: „Quäle nie ein Tier zum Scherz, denn es fühlt genau wie Du den Schmerz! Do host Deine Schuach, und jetzt schleich Di!" warf er dem Albaner dessen mit spitzen Fingern getragene und noch tropfenden Tennisschuhe vor die Füße.

*

Die Vorladung.

Das in die Hosentasche eingesteckte Telefon klingelte. Eigentlich hatte er es der fürsorglichen Marianne H. – mehr oder weniger hoch und heilig – versprochen, sich kein Mobiltelefon zu kaufen. Eigentlich hatte er explizit verstanden, warum sie wollte, dass er kein Mobiltelefon hätte. Eigentlich brauchte er wirklich keines. Zumindest bisher. Bis vor kurzem hat ihn noch nie jemand nach seiner Telefonnummer gefragt oder gesagt, ruf mich doch an. Außerdem hatte er schon oft genug gehört, was alles schon mit so einem Telefon angestellt wurde, wenn es verloren ging. So etwas geht dann, hatte man ihm eingebläut, ganz schön in die Vollen!

Dennoch hatte er sich gegen den Willen Frau H.s durchgesetzt und sich ein solches Telefon angeschafft. Und? Ja, in der Zwischenzeit hatte selbst die eingesehen, dass es relativ praktisch war, dass Martin so ein Telefon hatte und sie sich solcherart gut um ihn kümmern konnte. Und sie hatte es sich in Ermangelung anderer Subjekte ihrer Aufmerksamkeit – was er eigentlich nicht recht wollte – angewohnt, ihn täglich anzurufen; zumindest einmal, das aber verlässlich.

Doch in letzter Zeit häuften sich auch andere Anrufe und rechtfertigten den Kauf dieses Gerätes. Es war den anrufenden Personen scheinbar wirklich wichtig, dass er so ein Gerät besaß. Martin war – mehr oder weniger – zu einer gefragten Person geworden. Man fragte ihn, wie es ihm ginge und ob er vielleicht Zeit hätte, –und Lust. Oder ob es ihm etwas ausmachen würde, jetzt noch zu einem Meeting zu kommen. Ja, jetzt, zu dieser späten Stunde; es spiele doch für ihn keine große Rolle, er habe ja ohnedies keine Arbeit und könne sich am nächsten Tag ausschlafen. Nun, es machte ihm nie nichts aus, er hatte eigentlich immer Zeit und er nahm das eine oder andere gerne noch auf sich. Und Martin begann sich langsam daran zu gewöhnen.

Er wusste wirklich nicht, wie das alles so urplötzlich dahergekommen, wie diese unbeschreibliche Nachfrage nach ihm entstanden war. Wenn er so zurückdachte, da war er wirklich davon angetan, das war echt ein Hammer, wenn er dieses in letzter Zeit relativ oft gebrauchte Wort auch verwenden wollte. Ja, dachte er in so einem Moment an den Gassenhauer in der Musikbox von Mädis Tennisstüberl, If I Had A Hammer…

*

Plötzlich fiel ihm ein, dass er dieser Tage als Zeuge vor Gericht erscheinen musste. Oh weh, das machte ihm Kopfweh. Gerlinde hatte ihn diese Woche extra angerufen und hatte in der Tenniskantine längere Zeit eindringlich mit ihm geredet und ihm genau eingeschärft, was er zu sagen hätte. „Schau Martin“, sagte sie eindringlich zu ihm, „Du brauchst nur die Wahrheit zu sagen, nicht mehr, aber auch nicht weniger! Nichts als die reine Wahrheit. Bleib bei der Wahrheit, bei dem was Du gesehen hast und bei dem was Du sicher weißt.

Du wirst – höchstwahrscheinlich – gefragt werden, ob Du den Albaner auf der Bank getroffen hast, ob er da zufällig gerade Geld abgehoben hat und vielleicht auch, wer ihn bedient hatte. Du wirst ganz einfach das Datum sagen, wann das war. Du kannst Dich ja sicher daran erinnern. Und der Richter wird Dich fragen, warum Du Dich an das Datum erinnern kannst. Du hast mir ja erzählt, dass Du ihn an drei Tagen hintereinander gesehen hättest und jedes Mal hätte er Geld abgehoben. Und Du wirst wahrscheinlich gefragt werden, warum

Du drei Tage hintereinander auf der Bank gewesen bist. Was wirst Du da sagen?"

„Na, weil ich einen Bausparer ausbezahlt bekommen habe und das Geld nach dreieinhalb Wochen noch immer nicht da war."

Es war nämlich üblich, dass diese Bank bei Überweisungen den Betrag nicht sofort dem Kunden gutschrieb und dieses solcherart – das darf man aber nicht so engstirnig sehen – noch ein paar Tage für sie arbeitete. Es soll schon auch vorgekommen sein, dass ein überwiesener Betrag von einem Konto genau dieser Bank auf ein anderes Konto genau der gleichen Bank an exakt gleicher Adresse erst nach eineinhalb Wochen dort gutgeschrieben wurde.

Der dazu befragte Mitarbeiter rechtfertigte das damit, dass man solche Aktionen erstens nicht so engstirnig sehen darf, weil derartige Transaktionen im Lichte der Geldwäsche nur über die Zentrale abgewickelt werden dürfen, was eben so lange brauche und man zweitens aber auch an die Seriosität des Institutes zu denken hätte; man habe da schließlich Verpflichtungen, die man sehr ernst nimmt. Man solle aber doch froh und dankbar sein, dass sich die Bank diese Mühen – aufschlagsfrei – auferlege und die Kunden solcherart von jedem schwerwiegenden Verdacht automatisch reinwasche.

Gerlinde erinnerte ihn daran, dass Martin den Albaner vor allen Leuten tags darauf angesprochen hätte, ob er leicht zu Reichtum gekommen wäre und dieser habe geantwortet, dass er geerbt habe. Das war dann am Tennisplatz Tagesgespräch. Hört, der Albaner hat plötzlich Geld!

Gerlinde hatte das am Tennisplatz dann zufällig auch gehört und es wäre ihr aufgefallen, schließlich kam er oft genug zu ihr, um sie anzupumpen. Am Anfang ihrer Beziehung hatte er sich die Kohle einfach von ihrer Geldbörse genommen. Als sie merkte, dass ihr eigener finanzieller Spielraum immer enger wurde, sperrte sie die Geldbörse dann weg, weil sie draufkam, dass der Albaner immer flach war. Wenn man den ausgewrungen hätte, dann wäre maximal ein Schweißtropfen aus ihm herausgekommen, aber nie und nimmer Geld.

Erst da war Gerlinde auf den Gedanken gekommen, nach ihren Sparbüchern und Goldmünzen zu sehen. Als sie gesehen hatte, dass der kleine Möbeltresor offen war und die Sparbücher weg und die Goldmünzen auch, hatte sie auf einmal verstanden. Da war ihr auf einmal auch ganz klar geworden, warum sie der Albaner so urplötzlich verlassen hatte; ohne jeglichen Anlass, Hals über Kopf, ohne die auch nur ansatzweise Erwähnung der Wörter Liebe oder Arbeit ihrerseits, so ohne die geringste Vorwarnung,

Sie war dann sofort – einer schlimmen Vorahnung folgend – auf die Bank gestürmt und hat dort nach den Kontoständen ihrer Sparbücher gefragt. Und da habe man ihr gesagt, dass die Bücher doch aufgelöst worden wären und somit gar nichts mehr drauf sein könnte.

Aufgelöst? Alle drei? Die gesamten, hart ersparten, siebzehntausend Euro fort? Wer war das? Die Bücher waren doch vinkuliert? Es wusste doch niemand das Losungswort, gar niemand, auch nicht der Albaner. Das konnte es doch gar nicht geben?!

Nachdem Gerlinde bei diesem Bankbesuch noch Geld für den Einkauf abheben musste, nannte sie dem Bankbeamten den Betrag von siebzig Euro, den sie gleich mitnehmen wollte.

Es tue ihm leid, meinte – eine steile Falte über der Nasenwurzel ziehend – der Bankangestellte. Schnell zog er noch die rechte Augenbraue kurz hoch, um anschließend beim Filialleiter geschwind nachzufragen. Er meinte, dass es ihm Leid täte, er könne ihr aber nichts geben, das Konto wäre hoffnungslos überzogen, bis zum allerletzten Anschlag. Da ginge nichts mehr!

„Ich habe doch das Geld für die Autoreparatur draufgehabt und darüber noch mehr als achthundert Euro. Ich brauche das Geld dringend, fürs Leben und die Autoreparatur, die ich bar bezahlen muss, ich stehe ohnedies in einer ungekündigten Stellung, in acht Tagen kommt überdies mein nächstes Gehalt. Und außerdem", entfuhr es ihr in etwas aufgebrachter Stimmlage, „sagen Sie einmal, wie kann jemand außer mir von meinem Konto Geld abheben. Ja! Das interessiert mich aber jetzt. Da muss doch... auf Ihrer Bank etwas danebengegangen sein! Geben Sie mir bitte die Kontoauszüge."

„Die wurden bereits mitgegeben, da sind keine mehr."

„Ich war seit vier Wochen nicht mehr hier. Da müssen doch Kontoauszüge da sein! Wo sind denn die?"

„Mäßigen Sie sich. Bitte werden Sie hier nicht laut! Wir sind ein seriöses Institut. Sie wissen selber, dass wir hier das größte Institut sind, der Platzhirsch sozusagen. Und das nicht zufällig! Wenn es Ihnen nicht passt, können Sie sich ja jederzeit eine andere Bank suchen. Die auf der drüberen Straßenseite nehmen eh jeden Kunden. Aber, zur Sache, erstens darf ich Ihnen das gar nicht sagen, schließlich gibt es ein Bankgeheimnis, an das müssen wir uns halten und warum denken Sie, dass das für Sie nicht gelten soll?

Und zweitens: sie müssen doch selbst einfach besser auf ihre Sparbücher und Ihr Konto aufpassen! Wir sind doch nicht Ihr Kindermädchen! Wenn etwas passiert, hätte dann immer die Bank Schuld, unerhört!"

„Dann drucken Sie mir bitte die Kontoauszüge des letzten Monats aus!"

„Können Sie sich legitimieren?"

„Warum? Sie kennen mich doch persönlich."

„Ja, aber jetzt ist das etwas Anderes. Wie man in den Wald hinein schreit, so schallt es wieder."

„Genügt die Bankomatkarte?"

„Nein. Die könnte ja gestohlen sein. Da könnte dann ja ein Jeder daherkommen. Außerdem. bei diesem Ton? Nein, haben Sie einen Ausweis mit?"

„Ja, den Führerschein."

„Gut, den muss ich aber kopieren. Kopie kostet 74 Cent. Dann drucke ich Ihnen das aus; kostet aber auch extra."

*

Gerlinde war blond, mollig, scharf auf Männer, aber beileibe nicht dumm! Sie telefonierte daraufhin im Verein herum, fragte diese und jene und kam schließlich – scheinbar auf besondere Empfehlung – mit mir zu sprechen und erlangte mit dem Namen, der Adresse und der Telefonnummer Dr. Buchingers einen hervorragenden Anwalt.

*

Bankangelegenheiten sind Vertrauenssache.

Diese Bank auf der gegenüberliegenden Seite des Platzes machte es sich leicht, – und Gerlinde und Dr. Buchinger umso schwerer. Die Verantwortlichen der Bank bewiesen mit einer – ihr ohnedies schon eine längere Weile wiederholt nachgesagten und vorgeworfenen – penetranten Abgehobenheit, dass Gerlinde neben der dem Albaner – temporär – gewährten Gunst – und abgesehen von den peinlich niedrigen Sparzinsen – hier offenbar keine besonders gute Wahl getroffen hatte.

Das Institut, ausgesprochen von den Mitarbeitern mit ganz langem ‚uuu', wie die Wichtigen der Bank ihre Bank gerne nennen ließen, weil das klingt schon viel besser als Bank oder gar ein – ordinäres, banales – Kasse, ist zwar schon seit geraumer Zeit der – selbsterklärte – Platzhirsch hierorts, kann aber mit der für diese Titulierung erforderlichen Qualität und Seriosität längst nicht mehr Schritt halten. Die Stimmen mehrten sich zusehends, dass sie bereits zu groß wären beziehungsweise vielmehr sich schon zu groß vorkämen beziehungsweise zu groß dran wären.

Jedenfalls, scheinbar einsichtig oder entgegenkommend, wie sie es selbst artikulierten, wollten sich die Herren von der Bank plötzlich mit Gerlinde vergleichen. Vergleichen?! Das klang schon einmal gut. Oh, ohne Wenn und Aber? Nein, nur wenn man den Herrn Anwalt ausschließen würde, weil dieser koste ja ohnedies nur Geld und bei dieser – zugegebenermaßen – verzwickten Sachlage würden die Anwaltskosten den Entschädigungsbetrag wahrscheinlich komplett auffressen oder gar noch übersteigen. Dafür spräche sicher nichts, außerdem, ob sie sich das leisten wolle beziehungsweise …könne? Sie müsste – das sage man ihr ganz offen und ehrlich – nämlich wissen, dass in mehreren solchen oder ähnlich gelagerten Fällen Gerichte schon ganz anders entschieden hätten. Und dann gäbe es gar nichts. Nullkommanullnull, was ihnen aufrichtig Leid täte, aber das wäre dann wirklich ihre alleinige Schuld!

„Und“ sagte der Chef des Hauses, der sich mit dienstbeflissenem, schleimigen Lächeln und weicher, warmer, milder, nachsichtig erklärender Stimme höchstpersönlich zu diesem Gespräch herablies „wir kommen Ihnen da wirklich entgegen, so weit wir von der Geschäftsleitung das halt gegenüber unseren Mitgliedern und anderen Kunden verantworten können. Und da haben wir uns, das sage ich Ihnen wiederum ganz offen und ehrlich, schon gewaltig aus dem Fenster gelehnt! Unterschreiben Sie bitte …hier!“

*

Doch das erste Angebot war ein beschämendes Drittel des angerichteten Schadens. Doch Gerlinde fühlte sich nicht als Schuldige sondern als Geschädigte, und Dr. Buchinger bestärkte sie in dieser Ansicht. Gerlinde war – nach Rücksprache mit Dr. Buchinger – darob so beleidigt, dass sie dem Angebot nicht einmal eine Antwort würdigte.

Das zweite Angebot – man wolle sich, weil den Entscheidungsträgern auch am besten Ruf ihres Instituts sehr gelegen wäre, kulanterweise in der Mitte treffen – war damit schon etwas besser, entlockte Gerlinde aber wiederum keinen Mucks. Alle weiteren Angebote waren, dürfte den oberschlauen Herren von der Bank nun endlich klargeworden sein, obsolet.

Dr. Buchinger, derer Spiele auf Kosten Gerlindes überdrüssig, schrieb nun der Bank einen – in rechtsfreundlicher Vertretung von Frau Gerlinde S. höflichen, allerdings die notwendige Klarheit nicht missend lassenden – Brief. Inklusive der aufgelaufenen Zinsen und Spesen zuzüglich der Kosten für Führerscheinkopie und die extra ausgedruckten Kontoauszüge sowie seines bescheidenen Honorars wäre zusammengerechnet etwa der viereinhalbfache Betrag, den sie zuletzt geboten hatten, binnen zwei Wochen auf das neue Konto von Frau Gerlinde S. auf ihrer neuen Vertrauensbank, Zeppelinstraße 99, IBAN AT00 2260 0000 1234 5678 einzuzahlen und mitgeschickter Brief wäre rechtsgültig unterfertigt umgehend an seine Kanzlei zu retournieren.

Darüber hinaus hielte es Dr. Buchinger im Interesse der Allgemeinheit und wegen des infrage stehenden Rufes der Bank, an denen den Herren ja so gelegen sei, im allgemeinen und besonderen für angebracht, allenfalls in der Bank beschäftigte involvierte Personen, nämlich die der Mittäterschaft schuldigen als auch die, die an der Vertuschung mitbeteiligt waren, zu maßregeln; eine entsprechende Sachverhaltsdarstellung wäre, weil man fürchte, das Institut würde diesen Schritt von sich aus nicht tun, mit gleicher Post an die Staatsanwaltschaft Linz übermittelt worden. Da könnte nun, nachdem man ständig behaupte, auf den guten Ruf des Institutes versessen zu sein, Basisarbeit geleistet werden.

*

Der Fall entwickelte sich für die sich als führendes Institut Kleinmünchens gern ausgebende und narzisstisch agierende Bank auf der anderen Straßenseite zu einer veritablen Katastrophe. Die schuldige Bankmitarbeiterin Christine C. hatte, wie sich herausstellte, ein zwischenzeitliches Pantscherl mit dem Albaner und war diesem auf den Leim gegangen.

Aus diesem lockeren Spiel wurde eine offene Beziehung, mehr nicht, obwohl sie sich eine längere Beziehung so sehr wünschte. Das arme Mädchen aber hatte gegen den studierten Schwerenöter nicht die geringste Chance.

Für die – fragwürdige – Gunst nur weniger Augenblicke und die magere Erwartung von mehr hatte sie ihm dann das Losungswort der vinkulierten Sparbücher preisgegeben. Zur Ehrenrettung des schon alternden und sich deshalb im Zugzwang fühlenden Mädchens sei erwähnt, dass der Albaner ihr weismachte, er hätte Gerlinde das Geld für den Kauf eines Autos geliehen und sie hätte dieses unverschämterweise auf sie selbst angemeldet und er könnte aus diesem Grund aus der Beziehung erst dann heraus, wenn das geklärt wäre. Dass sie darüber hinaus dabei behilflich war, das Gehaltskonto von Gerlinde S. zu plündern und hoffnungslos zu überziehen habe ihr dann aus Wut auf die Kaltschnäuzigkeit der vermeintlichen Nebenbuhlerin gar nicht mehr zu denken gegeben und keine Gewissenbisse mehr verursacht.

*

War dieser Fehltritt – man hat ja schon allerhand gehört, zu welch absurden Handlungen verliebte Herzen oft in der Lage sind – in gewisser Weise noch verständlich, erscheint die Betrachtung der Dienstpflicht ihres Vorgesetzten als außerordentlich peinlich, da nach Dienstvorschrift sämtliche ‚Transaktionen' von diesem gegenzuzeichnen gewesen wären. Das Institut jedoch dementierte aus dem Brustton der Überzeugung vehement diese Tatsache. Die Schuld, betonte man ausdrücklich, liege ausschließlich bei der kriminell veranlagten Mitarbeiterin. Das wäre eine Einzelhandlung gewesen, ein einmaliger Ausrutscher, und wäre – zumindest in ihrem Institut – noch nie vorgekommen.

Man habe allerdings erst kürzlich von sogar mehreren solchen Fällen von dem auf der anderen Straßenseite situierten Mitbewerber gehört. Es könne sich ja jeder leicht selbst ausmalen, dass dieser Mitbewerber, wo er doch für den prunkvollen Neubau ziemlich viel Geld in die Hand nehmen musste, jetzt wesentlich forscher beim Keilen von Neukunden sein müsse. Sonst würde sich so ein Prachtbau nie und nimmer rechnen. Aber gegen so etwas ist man ja nicht wirklich gefeit, niemand! Man sieht ja, dass trotz aller eingezogenen Sicherheitsnetze dann so etwas vorkommen kann!

Bei der Beschlagnahme der Unterlagen fanden sich – peinlicherweise – aber doch die Paraphen des verantwortlichen Vorgesetzten auf den Belegen; das Kurzzeichen war unzweifelhaft erkennbar. Christine C. sowie der Zweigstellenleiter Günther G., der zu allem Überfluss versucht hatte, Gerlinde S. mit billigen Tricks zu bluffen beziehungsweise auszutricksen, wurden fristlos entlassen. Diese Entlassungen waren jedoch auch zu relativieren. Mit dem schriftlichen Gelöbnis, über diesen Vorfall zu schweigen, wurden drei Monatsgehälter und sämtliche erworbenen Rechte abgegolten.

Bei gleicher Gelegenheit wurde – obwohl in diesem Fall eigentlich vollkommen unschuldig – der als falsch, rücksichtslos, doppelzüngig, aalglatt, heuchlerisch, hinterlistig, tückisch und windig bezeichnete und allerorts unbeliebte Geschäftsleiter wegen mangelnder Sorgfaltspflicht bei gekürzten Bezügen freigestellt. Er habe sein Institut nicht im Griff, wurde kolportiert. Jeder andere an gleicher Stelle im Konzern stehende Direktor habe seinen Bereich so organisiert, dass solche Fälle nicht vorkommen könnten. Er hätte doch schließlich lange genug mit der Revision zu tun gehabt, um dies zu wissen. Das wäre bisher stets nur bei der Konkurrenz passiert, und nun das!

Man tue das sicher nicht gerne, noch dazu, wo der Mann ganz knapp vor der Pensionierung stünde. Das war die eine Seite.

Die andere Seite war, dass gerade bei Herrn Direktor Heribert H. für die überwiegende Mehrheit der Mitglieder des

Aufsichtsrates ein hochwillkommener Anlass für die Durchsetzung dieser Maßnahme bestand, ihm – wie man so sagt – den Stecken zu geben.

Er ließ – und das hielt man ihm noch immer vor – nämlich, wie aus dem innersten Kreis zu vernehmen war, als ehemaliger Leiter einer wichtigen Abteilung seinem verdienten Vorgänger Edmund E. wegen einer Geschichte mit – so genau wusste das aufgrund der Verschwiegenheitspflicht keiner – gefälschter Derivaten oder Edelsteinen zum Vorteil der eigenen Karriere über die Klinge springen. Edmund E. hatte zuvor mit viel Mühe, Liebe und Verve die Bank aufgebaut und zu dem gemacht, was sie heute darstellt.

Und darüber hinaus erinnerten sich noch zahlreiche Mitglieder des Aufsichtsrates – so als ob es gerade erst gestern gewesen wäre – daran, wie Heribert H. sie massiv zu nötigen versuchte, ja, förmlich erpresste, seinen Dienstvertrag noch um weitere fünf Jahre zu verlängern.

Das war jetzt genau die passende Gelegenheit, auf welche man längst schon gewartet hatte, diesen missliebigen Machtmenschen auf die Straße zu setzen. Dieser Rauswurf war so richtig nach dem Geschmack der meisten Vorstandsmitglieder, gar nicht zu reden von der Schadenfreude, Befriedigung und Genugtuung beziehungsweise Erleichterung der in den letzten Jahren so gepiesackten Belegschaft. Das tat wohl, denn bei einer Verlängerung von weiteren fünf Jahren hätte der am Ende gar geglaubt, die Bank gehöre ihm.

*

Die Bank musste neben einem empfindlichen Imageverlust auch substanziell spürbare Kündigungen hunderter Lohn-, Gehalts- und Geschäftskonten hinnehmen. Ein örtlicher Gesangsverein, die Goldhaubengruppe, die erfolgreichen Stockschützen vom SV Hochofen sowie weitere maßgebliche, namhafte Kunden kündigten sämtliche Konten und hielten mittels vertraulicher Rundschreiben ihre Mitglieder dazu an, der Bank den Rücken zu kehren. Diese habe ohnedies in den letzten Jahren ihr neutrales Mäntelchen fallen gelassen und sich einer gewissen politischen Richtung angedienert.

*

Neben diesem Ungemach wurde obendrein dem Institut von der Bankenaufsicht ein Kurator vor die Nase gesetzt. Zu allem Überdruss fand dann dieser bei der sorgfältigen Aufarbeitung der Angelegenheit in der Folge heraus, dass behördlich angeordnete Zinssenkungen nicht, beziehungsweise viel zu spät, weitergegeben worden waren. Die daraufhin angeordneten Rückzahlungen brachten die Bank, die in den letzten Jahren beinahe unkontrolliert expandierte, in solche finanzielle Schwierigkeiten, dass sie ihre lang verteidigte Eigenständigkeit aufgeben musste und mit dem Bankenverbund ihrer Gruppe sozusagen zwangsverheiratet, so die Diktion der schadenfrohen Mitbewerber, wurde.

Die Folgen für den missliebigen Exdirektor waren gravierend, so wurden zum Beispiel Erfolgsboni rückgefordert, seine Bezüge ausgesetzt, was den damals bereits freigestellten und auf volle Pensionsbezüge hoffenden Direktor Heribert H. vor Pensionsantritt unvermittelt und sehr hart traf. Sämtlichen freiwilligen Pensionszusagen und andere Vergünstigungen wurden außerdem ersatzlos gestrichen; selbst der in Benutzung stehende Dienstwagen wurde ihm entzogen.

Es sei nur der Vollständigkeit halber erwähnt, dass bei einem von diesem angestrengten Prozess beim Arbeitsgericht, bei dem Richter und Sachverständige total verwundert waren, ihn plötzlich auf der Arbeitnehmerbank sitzen zu sehen, seine

Forderungen mit ziemlich genau den gleichen Argumenten, welche ansonsten er selbst schon als Dienstgebervertreter zu benutzen pflegte, abgewiesen wurden. Sein grausliches Zähneknirschen hat man angeblich bis vor die Tür des Verhandlungssaales gehört.

*

Nun, demnächst würde am örtlichen Landesgericht der Prozess gegen den Albaner beginnen und dort kämen all diese Malversationen nochmals vor versammelter, interessierter Presse und Besuchern aus dem schadenfrohen Mitbewerberkreis der örtlichen Institute zur Sprache.

Martin selbst war zwar wegen des bereits vorliegenden Geständnisses der Bankangestellten Christine C. nicht mehr wirklich als Zeuge erforderlich, war jedoch noch immer als solcher geladen. Ihm graute bereits jetzt vor dem in ein paar Tagen anberaumten Prozess, liebte er es doch überhaupt nicht, vor mehreren Leuten zu sprechen.

*

Ehrensache.

Das Telefon klingelte. Laut. Schrill. Unheilverheißend. Der Ton, obwohl das Gerät mit Sicherheit garantiert kaum anders klang als sonst, war zudringlich, fordernd, Besorgnis erregend. Nur ein einziges Mal in den letzten Jahren hatte ich einen ähnlichen Eindruck; das war, als mich die Polizei nach einer Brandlegung in der Spinnerei verdächtigte und frühmorgens aus dem Bett warf.

Damals war mir mein Auto von einem zuckerkranken, als Anstreicher schwarzarbeitenden Sozialhilfeempfänger – richtig würde das heute ja heißen: Mindestsicherungsbezieher – gestohlen und direkt vor dem Nebeneingang des Unternehmens geparkt worden. Dass er mein Auto, welches er im Auftrag eines im Mühlviertel wohnenden und in Kleinmünchen ehedem aktiven Autohändlers, welcher jetzt seine Brötchen als Autoschieber, Bordellbetreiber und Mädchenhändler betreibt, gestohlen hat und dann vor dem Seiteneingang der Spinnerei parkte, war mehr ein Zufall, denn der Kerl wohnte in unmittelbarer Nähe und war nur zu faul, es weiter weg zu stellen.

Mein Auto erhielt ich dann sehr rasch wieder zurück. Aber nicht, weil die Kollegen vom Wachzimmer Kleinmünchen beziehungsweise die zuständigen Beamten in der Nietzschestraße so findig gewesen wären oder gar fleißig, sondern nur deshalb, weil ich in meinem Gefährt einen sogenannten GPS-unterstützten Carfinder installiert hatte. Dieses Gerät zeichnete sämtliche Bewegungspositionen meines Kraftfahrzeugs mit Zeitangabe und Koordinaten genauestens auf, speicherte diese und sandte sie paketweise über UMTS-Funk an die Zentrale des ÖAMTC.

Mein Anwalt Dr. Buchinger musste die Polizei mit Nachdruck auf diese Spur stoßen, die Herren dort waren höchst erstaunt über die ihnen bisher nicht bekannten technischen Neuerungen und lehnten zunächst ungläubig ab, derartigen Hirngespinsten ernsthaft nachzugehen.

Genau mit dieser Aktion begann damals mein Unglück, mein Unfrieden mit der Kleinmünchner Polizei. Obwohl ich niemals angeklagt und sämtliche wirklich Schuldigen stets rechtskräftig verurteilt wurden, stellen mir seitdem Inspektor G. Hartl und sein Vorgesetzter Offizier Erich J. Moser regelrecht nach. Mit Schaudern denke ich noch heute an diverse Aktionen der beiden Musterpolizisten zurück.

Man muss nämlich wissen: die Polizei ist die Polizei und ist die Polizei!

*

Aber, vielleicht bedeutet dieses Klingeln ohnedies nichts und mein Gefühl war nur ein Ausdruck meiner Unsicherheit. Ein nichtssagendes, unbedeutendes Nachempfinden der vergangenen Polizeiaktionen. Ich weiß wirklich nicht…

„Karl Bauer. Bitte?“

„Helfried H. Grüßi Herr Bauer. Entschuldigen Sie bitte, störe ich Sie? Wir kennen uns vom Tennisklub, wir haben schon miteinander, das heißt richtiger gegeneinander, gespielt.“

„Der örtliche Bürgermeister?“

„Pchch. Na ja, ich war früher in der Gemeindestube. Ja, einige haben mir diese Bezeichnung gegeben und mich als den örtlichen Bürgermeister betitelt, eher scherzhaft, mehr boshaft sogar. Das ist aber schon wieder eine schöne Weile her.“

„Ah ja,“

„Also, ich bin jetzt nicht mehr in der Gemeindestube, – und in der Zwischenzeit auch ein anständiger Mensch geworden."

„Unglaublich. Das ist sehr erfreulich. Vor allem für Sie. Muss ja ein schwieriger Weg gewesen sein! Und was wollen Sie von mir? Sagen Sie, waren wir nicht per Du?"

„Ja. Wenn es Sie, entschuldige, Dich nicht stört. Karl, ich habe da eine übergroße Bitte. Wenn ich gleich mit der Tür ins Haus fallen darf: ich trau mich fast nicht fragen. Meine Tochter hat doch da, vielleicht weißt Du das noch, vor ein paar Jahren das Buch ‚Kleinmünchen 75 Jahre bei Linz' geschrieben und ich selbst habe dann – natürlich wieder mit der großen Unterstützung meiner Tochter, weil selbst brächte ich, wenn ich ehrlich sein darf, so etwas eh nicht zustande – vor ein paar Jahren ein Buch über einen Lehrling, der beim Konzentrationslager Gusen Steinmetz gelernt hat und der bei der Mühlviertler Hasenjagd dann als Fünfzehnjähriger teilnehmen musste, geschrieben."

„Ja? Und? Willst Du mir die jetzt verkaufen? Da brauchst Du Dich nicht extra bemühen, die habe ich beide!"

„Aha, die Bücher hätte ich Dir aber sowieso geschenkt, Karl. Ich weiß zufällig, dass Du dich bei beiden Themen sehr gut auskennst und wir beide haben auch schon mehrmals darüber gesprochen, weiß ich noch. Mein großes Problem ist, dass mich gestern das Innenministerium gebeten hat, für ein Treffen von Überlebenden des Konzentrationslagers Gusen, welches in der Pfarre Marcel Callo, das ist in der Tuchfabrik, stattfinden soll, einen Vortrag zu halten. Genau genommen wollen die, dass ich etwas über das Gebäude der Pfarre, also die ehemalige Tuchfabrik sage und dann zum Buch referiere.

Ich habe aber bereits genau zu dieser Zeit einen unaufschiebbaren Termin in Übersee, gemeinsam mit meiner Tochter; die kann ich also auch nicht einteilen. Ich möchte aber die

Leute, die ja zum Teil schon an die neunzig Jahre alt sind und bei denen das voraussichtlich ihre letzte Zusammenkunft sein dürfte, nicht hängen lassen. Du bist ehrlich gesagt der Einzige, der ernsthaft in Frage kommt."

„Das ehrt mich jetzt wirklich. Ich fühle mich geschmeichelt, aber bitte, gib mir ein wenig Zeit zum Überlegen."

„Bitte! Das Innenministerium wartet auf meine Antwort. Und ich müsste Dir noch ein bisserl die Sachen zeigen und erklären."

„Na gut, wir sind ja immer gut miteinander ausgekommen, auch wenn es oft schwer war und ich wohl der einzige bin, der sich mit Dir nicht gestritten hat. Ich mach das! Du hast mich schon überzeugt, ich sag zu."

„Danke, danke. Du kannst Dir gar nicht vorstellen, wie die alten Leute Dir das danken werden."

*

Linzer Tuchfabrik
Himmelreich & Zwicker.

Ende Mai. Herrliches Wetter. Untergehende Sonne. Leise rauscht der Wind und bewegt die hellgrünen Blätter einer übermächtigen Schwarzerle. Sie steht fast direkt neben dem Weidingerbach, nur ein Maschendrahtzaun, ein schmaler Rad- und Fußweg und ein aus alten Schienen hergestelltes Geländer trennen sie von dem Gerinne.

Einigen Bewohnern der beiden sich dort am Rädlerweg befindenden Wohnblöcke ist der mächtige Baum aber schon lange ein Dorn im Auge. Er verfinstert bereits zur frühen Nachmittagsstunde ihre Wohnzimmer und verdeckt durch seine Mächtigkeit die Sonnenstrahlen der untergehenden Sonne.

Auf der entgegen gelegenen Seite neben dem ehemaligen Fabrikgebäudes der Linzer Tuchfabrik an der Schörgenhubstraße, unweit der stark befahrenen Brücke Richtung Auwiesenstraße wurden bereits Wochen zuvor zwei ähnlich mächtige Schwarzerlen wegen – angeblicher – Gefahren für Fußgänger und andere Straßenbenutzer kurzerhand entfernt.

Ein paar Leute hatten zwar gegen das sinn- und planlose Umschneiden moniert, weil überhaupt nicht schlüssig nachgewiesen werden konnte, dass die Schwarzerlen, lat. alnus glutinosa, wie behauptet, tatsächlich innen morsch gewesen wären und eine Gefährdung darstellten, aber zwecklos. Dennoch, solche Bäume könnten, wenn sie wie an dieser Stelle dermaßen gute Bedingungen vorfinden, locker mindestens einhundertzwanzig bis einhundertfünfzig oder noch mehr Jahre alt werden, denn das wäre das Durchschnittsalter dieser Gewächse, und diese hier sind gerade einmal neunzig Jahre alt.

Wie sich im Nachhinein nun herausstellte, waren die Bäume zwar groß und mächtig, im Kern aber – sprichwörtlich – kerngesund und wurden mutwillig, aus Jux und Tollerei dahingerafft. Die als höchst kapriziös und rücksichtslos verschriene Verwaltung der Liegenschaft wird sich schon etwas dabei gedacht und entweder einen Blöden gefunden haben, der die Unkosten übernimmt, oder es wird jemand dagewesen sein, der das Holz gebraucht und dafür eine Menge bezahlt hat.

Warum, fragen sich jetzt die am Rädlerweg auf der anderen Seite des Weidingerbaches wohnenden Menschen, ließ man denn dann diesen einen Baum, den mit Abstand mächtigsten von allen, der ihnen die Helligkeit raubt, dann noch stehen? Der war doch mindestens genauso alt wie die anderen zwei umgeschnittenen! Oder nicht? Bei diesem Baum bestünde doch ebenso Gefahr für die Besucher der Kirche Marcel Callo und vorbeigehende Spaziergänger und die Kinder des benachbarten Kindergartens? Die einfache Antwort: diese noch mächtigere Schwarzerle steht auf öffentlichen Grund und die öffentliche Hand schneidet heutzutage nicht mehr mir-nix-dir-nix Bäume um; noch dazu, wo sich ein ehemaliger Gemeinderat, dessen Name mir akkurat gerade nicht einfallen will, für genau diesen Baum dereinst stark gemacht hat.

*

Aber das hat alles mit meinem Auftrag, den ich für Helfried H. erfülle, gar nichts beziehungsweise sehr wenig zu tun. Ich habe mir natürlich Gedanken wegen dieses Vortrags für diese ehemaligen Insassen des Konzentrationslagers Gusen gemacht, genau recherchiert und auch in der Gegend und in der Kirche ein wenig nachgefragt und bin dabei von

Anrainern, die mich herumstehen sahen, angesprochen und auf diesen Umstand aufmerksam gemacht worden.

*

In den Gängen rund um den Kirchenraum sowie den Bereich, in welchem sich das Buffet der Pfarre befindet und in dem eine gemütliche Sitzgruppe mit offenem Kamin ist, welcher direkt in den riesigen Schlot der ehemaligen Fabrik mündet und im anschließenden kleinen Saal fand an diesem Tag eine Vernissage des angeblich in diesem Stadtteil beheimateten Malers Julius Evangelist Wasserholtz statt. Die extra aus Wien angereiste Nationalratspräsidentin nahm – trotz einer schweren Unpässlichkeit – die Eröffnung der Ausstellung vor und sprach auch die Grüße des Herrn Bundespräsidenten aus, in dessen Namen sie eine alte Einladung für Wasserholtz zu diesem überbrachte. Es gälte, wie man allgemein weiß, diesem die Ernennung zum Professor hochoffiziell zu überreichen.

Die sorgsam gewählten Worte der Frau Präsidentin bewiesen einmal mehr ihre menschliche Größe und vermittelte den zahlreichen Gästen eindrücklich, welches Glück die Republik Österreich hätte, dass eine derartig untadelige Person dem Nationalrat vorstünde. Ihr selbst jedoch, beteuerte man dann im gleichen Atemzug, wäre das große Unglück einer Ehe mit einem verhaltensauffälligen Radikalliebhaber, von dem sie sich allerdings dann zuletzt doch trennte, widerfahren. Der Großteil der Anwesenden meinte anschließend unisono, wie gut es der Republik täte, wenn sie die Nachfolgerin des derzeit amtierenden Präsidenten würde.

Ein Besucher raunte ungeniert dem neben ihm stehenden Besucher zu, dass er es im Kopf nicht aushalten würde, wenn dieser pathologisch hormongesteuerte Selbstdarsteller aus dem Nachbarsbundesland dieses Amt erringen würde, den halte man ja jetzt schon nicht mehr aus und da würde man garantiert jeden Tag mit mindestens einem Rülpser rechnen müssen; also er würde ihn keinesfalls wählen.

Dessen ungeachtet erfuhr die Frau Nationalratspräsidentin das gleiche Schicksal, wie es zuletzt dem Herrn Bundespräsidenten bei der Eröffnung des Löwenfeldhauses passierte, dass nämlich der zu ehrende Maler Julius Evangelist Wasserholtz der Veranstaltung fernblieb; er wäre bei einer Ausstellung in der Moskauer Tretjakov-Galerie in der Lawruschinkygasse im Stadtteil Samoskoworetschje, was so viel wie Gegend hinter der Moskwa bedeutet. Es wären – angeblich – verschollen geglaubte Bilder seines Namensspenders aufgetaucht und würden erstmals wieder seit der letzten Ausstellung der Peredwischniki im Jahr 1923 präsentiert. Da *müsse* er dabei sein, man möge das – bitte – verstehen und ihn entschuldigen.

Dieses Mal rang er sich sogar zu einer höflichen Entschuldigung durch, was ja ansonsten nicht so seine Art ist. Er wäre wirklich gerne, ließ er ausrichten, persönlich anwesend, noch dazu, wo er ein großer Bewunderer der Frau Nationalratspräsidentin wäre und ihr die allerbesten Genesungswünsche hätte unbedingt persönlich aussprechen wollen.

*

„Sehr verehrte Damen und Herren. Mein Name ist Karl Bauer, ich stehe vor Ihnen in Vertretung von Helfried H., des ehemaligen örtlichen Bürgermeisters, wie man so – ein bisserl übertrieben und lobhudlerisch – zu Gemeinderäten in ihrem Betreuungsgebiet zu sagen pflegt, der mich ersucht hat, Ihnen ein wenig von diesem Haus zu berichten. Herr H. ist übrigens fernerhin derjenige, der dieses Buch von Gusen „Wenn wir den Krieg verlieren“ geschrieben hat und seine

Tochter ist wiederum die verantwortliche Person für zwei höchst interessante Bücher zur Geschichte Kleinmünchens.

Nehmen Sie doch bitte da im Gastgarten Platz. Mitglieder des Pfarrgemeinderates waren so lieb und haben Ihnen Apfel- und Topfenstrudel und einen Marmorkuchen gebacken und bringen von der Pfarre gespendete Erfrischungen.

Wenn Sie mich nicht hören können, weil ich zu leise wäre oder wenn ich etwas ins Englische übersetzen sollte oder ins Spanische, unterbrechen Sie mich dann bitte einfach und sagen Sie es.

Sie sehen da direkt oberhalb von mir an der Hausfront den Schriftzug ‚Linzer Tuchfabrik' und darunter ‚Himmelreich und Zwicker'. Dieses Gebäude wurde im Jahr 1907 von Alfons Graf Zabeo in Auftrag gegeben und 1908 vollendet.

Nur ein kleines, interessantes Detail: diese Fenster an der östlichen Fassade, wie Sie von hier zu sehen sind, wurden wegen des notwendigen Lichteinfalls so groß konzipiert und sind ja ganz schön, doch sie wurden aus Spargründen nur einscheibig verglast. Im Winter und auch sonst, wenn sich die Temperaturen um den sogenannten Taupunkt bewegten, haben sich die Scheiben aufgrund der Luftfeuchtigkeit mit Tau beschlagen und Wasser rann die Scheiben hinunter. Um das in den Griff zu bekommen, wurden bei den Fenstern unten nachträglich eigene kleine Regenrinnen angebracht. Sie wissen sicher, dass sich bei Temperaturen unterhalb des Taupunktes Eisblumen auf den Fensterscheiben bilden. Aber das nur ganz nebenbei.

Bitte beachten Sie den Fabrikschlot, hier in ihrem Rücken, dieser allein schon ist ein wahres Kunstwerk dieser Zeit und stammt von Ingenieur Rudolf Urbanitzky, der als Linzer Unternehmer als Pionier der Feuerfesttechnik gilt. Urbanitzky leistete mit seiner Arbeit einen wesentlichen Beitrag zur industriellen und technischen Entwicklung in der gesamten Donaumonarchie und darüber hinaus bis ins Zarenreich. Zu diesem Thema gäbe es noch Stunden zu erzählen. Der Schlot ist heute mehr oder weniger der Kirchturm und gilt in der Gegend als Wahrzeichen der Kirche, wenngleich die Kirchenglocken sich in einem eigenen kleinen Bauwerk befinden. Der Schlot steht noch immer. Felsenfest, unverrückbar, scheinbar Wind und Wetter auf immer trotzend.

Der kleine Schönheitsfehler dabei ist vielleicht, dass die Verkäufer des Objektes den neuen Besitzern das Verbleiben des Schlotes als Wahrzeichen mit dem Hintergedanken eingeredet haben, weil ihnen das Sprengen ein Hauseck mehr gekostet hätte.

Interessant ist noch, deshalb möchte ich das hier erwähnen, dass Herr H., den ich heute vertrete, im Besitz eines gemalten Bildes dieser Linzer Tuchfabrik ist, welches großen Wert hat. Dieses Bild stammt von Ferdinand Weeser-Krell, der es neunzehnhundertdreiundfünfzig malte. Weeser-Krell, der das Unternehmen, die ‚Anstalt für Perspektive', von seinem Vater übernommen hatte, wurde für die Darstellung von Fabrikgebäuden bekannt. Es wurde eine eigene Technik entwickelt, bei der die gewählten Objekte aus der Vogelperspektive dargestellt wurden. Von Weeser-Krell gibt es zahlreiche Bilder, zum Beispiel von der Textilfabrik Marienthal, der Linzer Lokomotivenfabrik Krauß & Company, vom Allgemeinen Krankenhaus Linz, von verschiedenen Brauereien und anderen Fabriken im Land. Das aber nur so nebenbei.

Der hier ehedem situierte Fabrikbetrieb konnte auf eine langjährige Tradition zurückblicken, schon im Jahr 1481 wurde hier eine ‚Stampf' von Wolfgang Scheringhueber betrieben.

Dieser Name Scheringhueber leitet sich angeblich davon ab, dass der Besitzer dieses Bauernhofs der Schering oder auch Schörge war. Das Gebiet heißt heute Schörgenhub, und

Schörge ist gleichzusetzen mit Scherge, also dem Henker. Die Arbeit des Henkers galt als unehrenhaft und deshalb wurde dieser außerhalb der Stadt angesiedelt. So ist diese Namensgebung geschichtlich zu begründen.

Ein paar hundert Jahre später, 1788, erwarb Regina Scharmüllnerin das Objekt. Von deren Namen wiederum wurde die Orts- und später Straßenbezeichnung ‚Scharmühlwinkel' abgeleitet und allein aus ihrem Namen kann man erkennen, dass an diesem Standort, jetzt Rädlerweg 65, über viele Jahrhunderte eine Mühle betrieben wurde.

Im Jahr 1818 erwarb Johann Kirchinger, seines Zeichens ‚bürgerlicher Tuch- und Kasimir-Fabrikant' das ‚Walkgebäude bey der Schörgenhubmüll', ehe es am 13. Mai 1830 von den Vorarlberger Brüdern Franz und Johann Michael Rädler erworben wurde. Im Jahr 1871 erwarb es Caroline Gräfin Zabeo und 1895 Alfons Graf Zabeo.

Erst im Jahr 1934, nach dem Konkurs der Spinnerei Rädler, erwarben Heinrich Himmelreich und Julius Zwicker das Unternehmen und benannten es ‚Niederösterreichische Tuchfabrik Himmelreich & Zwicker'.

Im Jahr 1938 beschäftigte die Tuchfabrik am Weidingerbach an die dreihundert Mitarbeiter. Nach dem Anschluss ans Deutsche Reich wurden die jüdischen Besitzer enteignet und das Unternehmen gelangte im April 1939 an Otto Bayerl und Heinrich Pauser. Während der Nazidiktatur wurden hier auch Zwangsarbeiterinnen aus dem nahen ‚Arbeitserziehungslager Schörgenhub', einem der vielen Nebenlager des Konzentrationslagers Mauthausen, zur Arbeit gezwungen.

Der Weidingerbach wurde als Standort für derartige Betriebe gewählt, weil er auf seiner gesamten Länge von Wels bis St. Peter/Zizlau eine konstante Wassermenge als Kraftquelle bereitstellen konnte, ursprünglich waren es an die elfeinhalb, jetzt gerade noch ein halber bis maximal eineineinhalb Kubikmeter je Sekunde, der auch im Winter nie, beziehungsweise nur äußerst selten, zufror. Er lieferte viele lange Jahre die Energie für die Rädlerfabrik und spätere Tuchfabrik, für die ‚Dierzer', das ist die ‚Teppichfabrik', die ‚Kunstmühle' von ‚Löwenfeld & Hofmann' und die ‚Kleinmünchner Spinnerei'.

Im Jahr 1979 wollte man den Weidingerbach schon zuschütten. Das wurde jedoch federführend von Herrn H., dessen Vertreter ich heute bin, und seinen Freunden verhindert. Stellen Sie sich nur vor, was das für die Ökologie dieses Stadtteiles bedeuten würde! Allein fünfundfünfzig verschiedene Vogelarten und drciunddreißig verschiedene Baum- und Straucharten wären für immer aus dieser Gegend verschwunden.

Gerade gestern habe ich – zufällig – von einem begeisterten Ornithologen gehört, dass das äußerst selten in städtischen Gebieten vorkommende Blaukehlchen vereinzelt gesichtet wurde. Blaukehlchen besiedeln nasse Standorte, die eine Kombination aus schütterem Bewuchs und guter Deckung bieten. Es reichen dichte Bestände aus Altschilf oder Hochstauden. Gewässernähe ist nicht unbedingt erforderlich, jedoch werden solche Biotope bevorzugt angenommen."

*

Die älteren Herrschaften und ihre Begleiter waren sehr angetan von meinem Vortrag. Ein Mitarbeiter der Pfarre berichtete dann noch über den Namensgeber Marcel Callo und den in Gusen umgekommenen Häftling Pfarrer Johann Gruber, bekannt wegen seines heroischen und sozialen Einsatzes für die Mithäftlinge, allseits nur ‚Papa Gruber' genannt. Beim Gusen-Memorial in St. Georgen/Gusen-Langenstein gibt es im Gedenken an ihn einen ‚Papa-Gruber-Platz'.

*

Nach dem offiziellen Teil setzten sich die Gäste, deren Begleiter und ich mich mit einigen Mitgliedern der Pfarre zusammen und tauschten uns gemütlich aus.

Unter den Besuchern des Pfarrbüffets, welche an diesem Tag eifrig über die Registrierkassenpflicht, die demnächst scheinbar auch für sie gelten würde, diskutierten, konnte ich die mir wegen ihres temporären Auftretens im Tennisverein, ihrer Wichtigkeit im Kulturkreis, ihres Wirkens in der Goldhaubengruppe, ihres mäßigen Erfolges im Gesangsverein, ihres mit Nebengeräuschen verbundenen Ausscheidens aus der ÖVP-Frauengruppe, ihrer hinterfragungswürdigen Mietervereinsaktivitäten und ihrer unermüdlichen, aufopfernden und uneigennützigen Tätigkeit als Schülerlotsin und Elternvertretervertreterin mit ihrem höchst denk- und diskussionswürdigen Maßnahmenkatalog zur Eindämmung nichtdeutscher Sprachen am Schulhof bekannte Marianne H., eine Mitbewohnerin des Hauses Karl Steigerstraße 70, in dem ich selbst ja auch wohne, erkennen.

Sie zeigte sich in der für sie bekannten Pose. Hoch erhobenen Hauptes, ausschweifend ausladend gestikulierend und mit fester, um nicht zu sagen überlauter Stimme wieder einmal irgendwem irgendetwas langatmig, weitschweifig, wortreich, ausführlich, bestimmt, ernsthaft und einschneidend, effektvoll, intensiv und nachhaltig erklärend.

*

Ein in den USA lebender älterer Herr – Ernest M. –, der als Zwölfjähriger dereinst wegen der Mitgliedschaft seines Vaters bei der Kommunistischen Partei bei dessen Verhaftung von den Nazis gleich mitgenommen wurde und deshalb ebenfalls Häftling in Gusen war, hatte diesen Besuch in der alten Heimat schon lange geplant. Er erzählte mir, dass vor ein paar Wochen sein letzter noch lebender Schulfreund, mit dem er hier in Kleinmünchen zur Schule gegangen ist, verstorben war und dass er wegen dessen Begräbnisses bereits vor drei Wochen anreiste. Er erzählte mir auch verschiedene andere, persönliche Dinge, so zum Beispiel, dass er seit der Befreiung aus dem Konzentrationslager im Mai 1945 als Neunzehnjähriger nie wieder bei einem Arzt gewesen wäre, auch bei keinem Zahnarzt.

Er habe aber leider auch in den Vereinigten Staaten in der Zwischenzeit keine Angehörigen mehr, seine Frau wäre schon vor Jahren gestorben und Kinder hatte er keine. Und jetzt würde er wieder liebend gerne in seine alte Heimat zurückkehren. Der Zufall wollte es, dass eine entfernte Verwandte ihm vor Monaten in der in der Nähe befindlichen Siedlung ‚Am Langen Zaun' ein Reihenhaus vererbt hatte. Ernest M. hatte die Großtante gar nicht gekannt, hatte sie in seinem Leben weder gesehen noch wurde irgendwann in seiner Gegenwart einmal von ihr gesprochen.

Er überlege gerade, ob er hier einziehen solle, hatte aber ernste Bedenken, ob er die auf ihn zukommende Arbeit allein bewältigen könne.

*

Etwa gegen zweiundzwanzig Uhr traf der Bus, der die Besucher zu ihrem Hotel nach Ennsdorf nahe Enns bringen sollte, ein. Ich unterhielt mich noch kurz mit dem für Kultur zuständigen Funktionär der Pfarre, bestieg dann mein Fahrrad und fuhr gemächlich nach Hause. Ich wohne ja, wie ich bereits mehrmals erwähnte, nicht weit entfernt in der Karl Steigerstraße; auf Nummer siebzig im fünften Stock.

Ich hatte – korrekterweise – sowohl Vorder- als auch Rücklicht eingeschaltet und dies – eher zufällig – sogar bei Fahrtantritt überprüft. Nach etwa hundertfünfzig Meter sah ich Frau H. unsicheren, leicht schwankenden Schrittes Richtung heimwärts streben. Sie wohnt ja im gleichen Haus wie ich, nur einen Stock tiefer. Ich hatte an diesem Tag zufällig von der Hausmeisterin unseres Hauses in leidvollem Ton erfahren, dass sie mit einer gewissen Bosheit die oberhalb ihr wohnenden neuen Mieter wieder einmal schikanierte. Dezent, um sie nicht zu erschrecken, klingelte ich leise. Sie erschrak dennoch und blieb genau in der Mitte des Weges stehen und begann unsicher mit den Armen zu rudern. Es gelang mir gerade noch, ihr auszuweichen. Als vorsichtiger Radfahrer, der mit solchen Eventualitäten stets rechnet, gelang mir dies in geübter Weise problemlos.

Dennoch musste ich ihre gellende, rabiate, bösartige, aufgebrachte, aggressive, streitsüchtige, mir längere Zeit nachschallende Beschimpfung über mich ergehen lassen. Das war jedoch vollkommen ungerechtfertigt! Ich fuhr, als hätte ich nichts gehört, einfach weiter. Das war ein wirklich netter, gemütlicher Abend mit sympathischen, freundlichen Leuten, an Streit war mir überhaupt nicht gelegen.

Außerdem war ich mir gewiss, dass ich der wortgewaltigen, redegewandten und zungenfertigen Dame mit ihren geübten und vielfach erprobten Stimmbändern allein vom Sprachschatz her hoffnungslos unterlegen gewesen wäre. Nicht umsonst hatte sich meine Frau – und auch ich mich – immer sehr bemüht, nähere Kontakte mit ihr zu vermeiden. Bisher erfolgreich. Und schließlich hatte ich doch geklingelt und aufgepasst.

*

Telefonat I.

Der eingehende Telefonanruf war äußerst knapp und kam von Karin. Vielversprechend hauchte sie ins Telefon: „Um halb elf bei unserem schönen Bänkchen.“

*

„Wen hast Du denn da angerufen?“ rief Gerhard vom Balkon, wo er sich gerade genussvoll ein Zigaretterl genehmigte. In Punkto Rauchen und beim Pinkeln niedersetzen hatte sich Karin durchgesetzt: in der Wohnung durfte nicht geraucht werden, außer wenn Gäste da waren und beim Pinkeln hat er sich niederzusetzen! Punkt!

Karin log: „Ich habe nicht telefoniert.“

„Doch, ich habe Dich mit jemanden sprechen gehört.“

„Sag einmal, seit wann schnüffelst Du hinter mir her?“

„Nein. Ich schnüffle nicht hinter Dir her, ich bin aber auch nicht schwerhörig, ich habe mich nur gefragt, mit wem Du zu so später Stunde noch telefoniert haben könntest. Ich weiß doch genau, dass Du selbst es nicht magst, wenn wer nach acht Uhr noch anruft.“

„Mein Schatz, Du täuscht Dich.“

„Mein Schatz. Wirklich?“

„Ja. Mein Schatz.“

„Mein Schatz. Ganz ehrlich?“

„Ja.“

„Jetzt machst Du mich aber neugierig.“

„Wieso?“ sagte Karin und schaltete ihr Mobiltelefon vorsorglich aus. Gerhard könnte ihr ja in seiner Neugier das Telefon wegnehmen und nachschauen, wen sie gerade angerufen hat oder, was noch schlimmer wäre, gleich dort anrufen. So aber kennt er ihren Einstiegscode beim Mobiltelefon nicht und sie würde schon bald Gelegenheit haben, den Anruf von der Liste zu löschen.

„Ich habe Dich doch klar und deutlich reden gehört. Schatz, Du weißt, dass ich mich von Dir nie trennen würde und erst recht nicht scheiden lasse möchte. Aber ich möchte nur eines nicht, dass Du Dich und mich zum Gespött der Leute machst. Das ist alles."

„Ach ja?", erwiderte sie ein wenig aufgebracht. „Umgekehrt ist das alles aber anders? Oder?"

„Wieso?"

„Nun, Du wirst doch nicht denken, dass ich so blöd bin und von allen Deinen zahllosen Gspusis nichts weiß. Oder?"

„Wie kommst Du jetzt auf das?"

„Nun, Du hast doch gerade angefangen."

„Das hat doch damit nichts zu tun!"

„Doch, genau das."

„Karin! Ich mache mir Sorgen um Dich. Unlängst hat mir ein Vögelein ins Öhrchen gezwitschert, dass da mit dem dummen Martin etwas war. Ich vergönne Dir ja Vieles, aber mit dem dummen Martin? Das ist ein Schlag in mein Gesicht! Du bist doch klug, hübsch, adrett, gepflegt und sexy. Den Martin hast Du nicht notwendig!"

„Danke. Ich weiß. …das, das war ein saudummer Betriebsunfall. Das ist zufällig passiert. Wirklich. Das war nur dieses eine einzige Mal beim Saisoneröffnungsturnier. Glaube mir. Da hat mich der Teufel geritten.

Wir sind beim Eröffnungsturnier zusammengelost worden, wie Du weißt und da habe ich ihn zum Dank dann auf ein Glaserl Sekt eingeladen. Und dann habe ich ihm – oh wie peinlich! – wirklich nur zufällig die Hand auf seine Bermuda-Shorts gelegt, zufällig. Ich schwöre es Dir. Ich wollte das gar nicht. Und dabei habe ich etwas Hartes gestreift, Mann hat der ein Ding, so zart er ist und gleich so einen gewaltigen Hammer. Und schon hatte ich eine feuchte Hand. Nur kurz berührt und gleich passiert. Feucht von einer Zehntelsekunde zur anderen. Und das war es dann auch schon. Dass ein Mensch innerhalb so kurzer Zeit so heiß läuft; innerhalb ein paar Sekunden und dann gleich… Das hätte ich nie geglaubt. Auf einmal hat er die Augen verdreht, gestöhnt und ist nach hinten gekippt, dass ich ihn gerade noch auffangen konnte. Der hat sein ganzes Blut für den Dings gebraucht und da ist nix mehr für den Kopf übrig gewesen. Unwahrscheinlich, so ein Hammer!

Und dummerweise haben genau das zwei der allerliebsten ‚Tennisfreundinnen' mitgekriegt. Du weißt ja eh, wie Freundinnen sowieso sind, und im Tennisverein erst recht!

Das war dann natürlich Tagesgespräch. Entschuldige. Ich hätte Dich nie wissentlich kompromittiert. Und jetzt! Jetzt ist er zum bevorzugten Spielpartner der Tennisdamen mutiert, jede will sich mit ihm treffen und sich einen Jux erlauben oder sonst was. Bei der Greti, der Wirtin vom Tennisstüberl, läuft in der Musikbox die ganze Zeit schon der Song vom Trini Lopez: If I had a hammer, I'd hammer in the morning, I'd hammer in the evening. All over this land. I'd hammer out danger. I'd hammer out a warning. I'd hammer out ... Und der Greti ist das sowieso recht, die ist ein Schwanzlurch, wenn Du verstehst, was ich meine. Zu der sagen ihre Gäste vom Stammtisch Eisenfut, die müssen es ja wissen, aber das weißt Du ja eh selber auch.

Sexuell ausbeuten nenne ich das! Die Moni hat, das wissen wir ja, Notstand, die hat ihn schon ein paar Mal zuhause gehabt. Über Nacht. Wie peinlich! Und ich habe mit dem Mist mehr oder weniger angefangen. Bitte entschuldige. Ich wollte das wirklich nicht."

*

„Würdest Du mir zeigen, wie das passiert ist?"

„Was meinst Du? Haha. Ist doch nicht Dein Ernst?“
„Doch, komm her. Ich habe ja auch nur eine Bermuda an.“
„Geh, Gerhard, jetzt doch nicht. Du meinst das wirklich nicht ernst.“
Gerhard: „Doch. Ich kann Dich natürlich auch zu Eurem schönen Plätzchen bringen, wenn Dir das lieber ist. Ich habe gerade Zeit und Du müsstest mich sowieso um mein Auto bitten, weil Deines in der Werkstätte ist, oder? Na komm schon.“

*

Nun. Karin kam: zuerst zwar Gerhard, dann aber sie, und wie! Und es war nach langer, langer Zeit wieder ein schöner, erfüllter gemeinsamer Abend der Familie Karin und Gerhard G.

*

In einem Bächlein helle.

Leise rauschte der Wind durch Bäume und Büsche und übertönte das leise, anheimelnde, für die Bewohner des Rädlerwegs stets beruhigende Plätschern des Weidingerbaches. Lieblich umspülten die Wellen die Konturen des Mannes, spielerisch umflossen sie seinen Körper. Seine Position ließ den flüchtigen Betrachter vermuten, er würde das Bächlein hinabschwimmen wollen; doch dieses wäre an der Stelle viel zu seicht dafür.

Doch weder bewegte er Arme noch Beine, noch hob er seinen zum Grund des Bächleins gewandten Kopf, um Luft zu holen. Die sich zumeist an eben dieser Stelle versammelnden Enten schnatterten aufgeregt. Wie immer. Und gehabten sich so, als ob sie dies alles nichts anginge.

*

Sarah, zu dieser frühen Stunde noch schlaftrunken an der Hand ihrer Mutter Stella, mehr gezogen als freiwillig dem sich in Sichtweite befindenden Kindergarten zustrebend, betrachtet verwundert die für ihr Kinderhirn unverständliche Situation, ehe sie die Mutter darauf hinwies.

Diese blickte nur kurz hin und meinte ärgerlich: „Wieder so ein Verrückter jugendlicher Besoffener. Der sollte sich was schämen!“ und ging weiter.

Nun, an diesem Tag wollte sie keinesfalls unpünktlich zur Arbeit kommen. Stella eilte vom Kindergarten weiter zur Straßenbahnumkehrschleife Auwiesen, um in die dort zur Abfahrt bereitstehende Straßenbahn der Linie 1 einzusteigen. In weniger als zwanzig Minuten würde sie ihren Arbeitsplatz erreicht haben.

*

Als sie am Nachmittag Sarah vom Kindergarten abholte, war dort der Tote im Weidingerbach bereits Tagesgespräch.

*

Mosers allerletzte Chance.

Sieglinde M. registrierte die blühende Pracht der Bäume und Büsche, die den Rädlerweg teilweise überwuchs, nur am Rande. An dieser Stelle entlang des Weidingerbaches war er als Rad- und Fußweg ausgeführt. Da roch es nach Schwarzem Holunder, Weißer Waldrebe, Gemeinem Schneeball, Pfaffenbübchen, Rotem Hartriegel, Bittersüßem Nachtschatten und zahlreichem anderen Gewächs. Sieglinde eilte an der üppig am Bachesrand wachsenden Natur hastig vorbei.

Rund um sie tummelten sich Rotkehlchen, Blau- und Kohlmeisen, Grünfinke und Lachmöwen, ja, sogar Kernbeißer, Gerbspötter, Eisvögel, Singdrosseln, Buntspechte und vereinzelt Blaukehlchen gaben sich hier ihr Stelldichein.

Mit raschen, ausgreifenden Schritten ging sie in Richtung ihrer Arbeitsstätte, dem Schörgenhubbad. Heute war Damensauna und sie musste pünktlich um neunuhrneunundzwanzig aufsperren. Nur ja keine Sekunde zu spät!

*

Die für diesen Wochentag stets angesagten Damen kontrollierten die Öffnungszeiten peinlich genau und warteten immer schon mindestens fünf Minuten früher vor dem Einlass. Die so genannten Tennisdamen vom Tennisclub Steigerstraße waren, wie sie bereits leidvoll erfahren musste, auffällig, eigenartig, extravagant und exaltiert, aufsässig, rebellisch, tückisch und – fallweise – boshaft.

Gerade heute war es ihnen besonders wichtig, gab es doch den pikanten Vorfall mit Martin und Karin sowie die in Augenhöhe am Tenniszaun festgeknotete Krawatte des ÖB sowie einige weitere höchst außergewöhnliche Ereignisse als Gesprächsstoff zu erörtern. Dann galt es natürlich, über den hochkantigen Hinauswurf des Albaners beim Saisoneröffnungsturnier sowie dessen bevorstehenden Prozess mitsamt allen hochinteressanten Facetten und dazu noch den Schwächeanfall ihrer Vertrauensbank zu diskutieren, zu bereden, genauestens darzulegen, zu lästern und mit allen nur denkbaren Details breitzutreten. Der erwartete Austausch weiterer, noch wichtigerer Neuigkeiten hatte das Interesse der ansonsten eher kleineren Saunarunde gewaltig gesteigert. Waren die Damen zumeist nur zu dritt oder zu viert, so waren heute deren sieben gekommen.

Jede Sekunde, die Sieglinde verspätet aufsperrte, würde wiederum gleich zu massenhaften Beschwerden führen. Ihr Vorgesetzter kannte in diesen Dingen da absolut keinen Spaß. Er war zwar früher ihr für sie direkt zuständiger Vertrauensmann, wie es bei den Beschäftigten der SBL richtigerweise heißt, aber seitdem er mit ernstem Gesicht in einer höheren Position in der Legislative saß, war er ganz besonders auf die Vermeidung von jeglicher, ungerechtfertigter Kritik sowie die Wahrung der Interessen der Kunden, die – wie selbst für die Dümmsten leicht zu verstehen ist – allesamt ein legales Recht auf ein gutes, zuverlässiges, pünktliches und freundliches Service hätten, erpicht.

*

Es ist – eigentlich – vollkommen nebensächlich – und daher ziemlich überflüssig – zu bemerken, dass bei verschiedenen städtischen Instituten, Gesellschaften und ausgelagerten Betrieben die Position eines Personalvertreters schon immer ein ausgesprochener Karrierebeschleuniger war. Egal, ob das die Tramwaygesellschaft, die Müllabfuhr, die Schwimmbäder oder die Eishalle war, oder der städtische Hafen, die Wasser-, Strom-, Gas- und Fernwärmeversorgung oder beim Kanalsystem, beim Flugplatz oder beim städtischen Friedhof. Es ist überall so; auch bei der Wohnungsgesellschaft, der Veranstaltungsgesellschaft, beim Kulturzentrum Dingsdahof, der Krankenkasse und der Sozialversicherungsanstalt, überall werden Parteigünstlinge stets bevorzugt.

Eine mathematische Formel hat den Grundsatz: Punktrechnung geht vor Strichrechnung, in die Politik übersetzt hieße dies: Parteibuch vor Fähigkeit!

Parteisekretäre, Kammer- sowie Gewerkschaftsfunktionäre werden in den Landtag, den Stadtsenat, in die Pensionsversicherung oder Krankenkasse oder sogar in die Bundesregierung gehievt. Bei der gerechten Aufteilung dieser Positionen ist man sich meist einig, da gab es keinen Parteienzank oder lästiges Hickhack zwischen den einzelnen Ideologien. Am Futtertrog gibt es zwar Brotneid, aber die Aussicht auf einen eigenen Karrieresprung lässt Kritik gerne verstummen.

Beispiele? „Schauen Sie sich doch" würde, wenn es sich nicht gerade wie in diesem Fall um einen Parteifreund handeln würde, der Schreihals mit dem Doppelvornamen skandieren „sich den Herrn Präsidenten des Rechnungshofs an. Der ist nicht nur wegen der Exaltiertheit seiner lockigen Haarpracht, seiner zumeist theatralisch auf der Stirn positionierten Brille oder der Dramaturgie vermittelnden gerunzelten Stirnfalten interessant, sondern auch deswegen, weil er – wie möglicherweise zu Recht kolportiert wird – niemals ohne Jörgls Gnaden auf diese Position gelangt wäre. Umso nachhaltiger sind jetzt seine permanent penetranten Belehrungen, mit denen er unsereins beinahe täglich überfordert. Oder: der abgewählte Vizebürgermeister und der Stadtrat von den Unaussprechlichen erhielten ein Posterl im Hafen und bei der Müllabfuhr, als ob dort ein Mangel an leitendem Personal bestanden hätte, die schwarze Parteihoffnung wurde Abteilungsleiter in der ESG, deren Parteisekretär gar wurde Chef der Friedhofsverwaltung, der andere Direktor der Wohnungsgenossenschaft, und der geldgierige – es gilt die Unschuldsvermutung! – Koksstierler wurde Obmann der Kasse und erhält neben seinem Betriebsratssalär samt Audi Quattro eine dicke Zusatzentschädigung mit noch fetteren Pensionsbezügen. Also korrekt formuliert, um einen allfälligen Prozess wegen übler Nachrede zu vermeiden: Regelpensionsbezüge plus Extrapension als Kassenobmann.

Egal! Zahlen eh die Gesunden. Die – bitte – sollen doch wirklich froh sein, dass sie nicht krank sind. Ein lückenloses Aufzählen weiterer, bekannter Fälle würde nicht nur jegliches Interesse jedes geneigten Lesers sprengen, sondern zu einer unnotwendigen Ablenkung von unserem Kernthema führen. Deshalb bleiben detaillierte Schilderung dieser Missstände jetzt einfach – wie oben angeführt und aus Papierersparnisgründen – links liegen.

*

Dass aber die heute 63-jährige und nur mit Krücken noch gehfähige, mit fünfzehn in die Spinnerei eingetretene Gerda W., die als Alleinerzieherin vier heute voll Sozialversicherungsbeiträge und Lohnsteuer bezahlende Systemerhalter großgezogen hatte, ohne – aus Angst um ihren Arbeitsplatz – in Karenz zu gehen, dort bis zu ihrem zweiundsechzigsten Geburtstag Vollzeit – lange Zeit sogar in Schicht – gearbeitet hatte und nun eine so kärgliche Pension bezieht, dass sie sich um die Ausgleichszulage anstellen muss, ist schlicht und einfach ein bedauernswertes Schicksal; traurig, beklagenswert, bekümmernd, herzerweichend, aber mehr schon nicht!

Hier hätte – nur zum Beispiel – ein Aktienbesitzer, dem gerade einmal – wieder nur zum Beispiel – nicht viel mehr als fünfzig Prozent der Aktien des gleichen Unternehmens gehören würden und der – zum Beispiel – sein Vermögen in einer – nur angenommen – Schweizer Stiftung geparkt haben könnte – hypothetisch – ziemlich ganze Arbeit geleistet haben können; …und bei der letzten Gewinnausschüttung im heurigen Frühjahr gerade einmal – wieder rein hypothetisch – knapp einen zweistelligen Millionenbetrag verfehlt haben. Oh weh, so etwas schmerzt dann wirklich.

Oder: für den „Leider-Nein-Erfinder" des Swap 4175, MMag. ‚Bausparvertrag', den Blutsbruder und – nach Eigendefinition – ‚klassesten Haberer' des legendären Schulden-Pffranzls, musste man aufgrund eines fehlenden Geständnisses – er kennt sich nach Aussage beim Handelsgericht Wien ja gerade nur bei einfachen Finanzprodukten wie Sparbücheln so halbwegs aus – etwas noch nicht Dagewesenes erfinden: der wurde Geschäftsführer der Parteistiftung OHWEH 32+4.

*

Nun, dieses Sittenbild einzelner abgehalfterter Volksvertreter hat aber mit dem überpünktlichen Arbeitsbeginn von Frau Sieglinde M. nur peripher zu tun.

*

Sieglinde befand sich auf dem Weg von ihrer Wohnung in der Gabesstraße ins Schörgenhubbad, als sie im Weidingerbach gleich unterhalb der kleinen Brücke, die zu den Mehrparteienhäusern am Rädlerweg führt, jemand im Wasser liegen sah. Sie starrte die Person kurz an, realisierte zügig die Situation und griff reaktionsschnell sofort zu ihrem Mobiltelefon, um zuerst Rettung und sogleich auch die Polizei zu verständigen. Der dritte Anruf, den sie tätigte, galt der Kollegin an der Kasse im Schörgenhubbad, der sie mit kurzatmigen Sätzen die Situation zu schildern versuchte. Die Polizei, sagte sie ihr, hätte sie angewiesen, an Ort und Stelle zu bleiben. Die Kollegin möge – bitte – die Dienststelle anrufen; um sogleich auch Ersatz für sie zu organisieren. Sie wäre ob des Gesehenen nicht mehr in der Lage, ihren Dienst pünktlich und ordnungsgemäß anzutreten.

Die beim Einlass versammelte, geschult hellhörige und ausschließlich aus weiblichen Mitgliedern des Tennisvereins in der Steigerstraße bestehende Saunarunde hatte sofort mitbekommen, dass da etwas ganz Besonderes im Gange war. Die Damen machten sich allesamt spontan auf den Weg zu der nahegelegenen Brücke; einige von ihnen kannten diese – scheinbar zufällig – und ebenso das verschwiegene Bänkchen recht gut. Wie sie dem mitgehörten Telefonat entnommen hatten, war dort etwas Fürchterliches geschehen.

*

Inzwischen war eine Funkstreife des Wachzimmers Kleinmünchen an der Stelle eingelangt und sicherte weiträumig den Tatort ab. Wenige Sekunden danach blieb der mit Folgetonhorn und Blaulicht heraneilende Offizier Erich J. Moser mit kreischenden Reifen nahe der Brücke stehen und begann mit rudernden Handbewegungen die sich inzwischen möglichst nahe an den Tatort hindrängenden Gaffer zurückzuhalten. Da war er aber bei den Tennisdamen gerade an die Richtigen gekommen! Mit siebenfach verstärktem Redeschwall begannen sie auf den zusehends hilflos agierenden Offizier einzureden.

Die indes um den im Wasser Liegenden herumschwänzelnden und dabei schnatternden Enten versuchten ob der an

Lautstärke überlegeneren Konkurrenz das Weite zu suchen; sie befanden sich eindeutig in der schwächeren Position.

Kurz darauf kam die Mordkommission unter Leitung von Kommissar Gustav B. mitsamt einem Gerichtsbeamten und koordinierte ruhig alle notwendigen Aktivitäten.

*

Eine der Tennisdamen hatte erschrocken den im Wasser Liegenden an seiner allseits bekannten Bermudahose identifiziert, was sofort wie ein Lauffeuer die Runde machte.

Indes wechselte der Leiter der Mordkommission, Kommissar B. mit Offizier Moser, mit dem er zur Seite ging, einige Worte. Vollkommen überraschend wurde deren Wortwechsel laut und heftig. Schließlich drehte sich Offizier Moser – offenbar schwer beleidigt – auf der Stelle um und entfernte sich mit seinem Dienstfahrzeug; sein Blaulicht ließ er dabei eingeschaltet.

Am Wachzimmer angekommen bildete er sofort einen Krisenstab mit den seiner Meinung nach fähigsten Beamten. Zu diesem Zweck wurde der Mannschafts- und Jausenraum im ersten Stock des Gebäudes zur Kommandozentrale umfunktioniert. Offizier Moser gab seine Anweisungen. Knapp, präzise, unmissverständlich, apodiktisch.

*

Es verging keine volle Stunde, als Marianne H. zu Offizier Erich J. Moser ins Zimmer geführt wurde. Sie ließ sich von der Polizistin, die beim Empfang saß, nicht abweisen und hatte als bestimmt und keinen Widerspruch duldend auftretende Frau dieser in resolutem Ton erklärt, dass sie Offizier Moser kenne und etwas wüsste, weswegen sie mit ihm – und nur allein mit ihm – unter vier Augen sprechen müsste.

Sofort, ohne Einleitung und ohne eigens aufgefordert worden zu sein zu sprechen, begann Marianne H. ihre Wahrnehmungen – in der ihr eigenen Art und Weise – zu schildern. Mehrmals wurde sie von Offizier Moser ersucht, ihre Angaben nicht so unwahrscheinlich ausschweifend zu erörtern, denn es wäre dringend, weil – das weiß man ja allseits – entsprechende Fahndungsmaßnahmen möglichst rasch zu treffen wären. Da ginge es, meinte er mit erhobenem Zeigefinger, um Sekunden! Sie wisse ja, dass es bei solchen Delikten darauf ankäme, sofort zu handeln.

Ja, meinte sie, darum habe sie sich auch sofort auf den Weg gemacht. Ihr wäre nämlich am vergangenen Tag, nächtens knapp um halb elf herum ein höchst verdächtiger männlicher Radfahrer aufgefallen, der es sehr, sehr eilig hatte. Dieser hätte sie in seiner Eile, die ihr – jetzt im Nachhinein gesehen – wie eine Flucht erschien, beinahe überfahren. Wenn sie nicht so geistesgegenwärtig und reaktionsschnell gewesen wäre, hätte dieser sie vermutlich angefahren und möglicherweise schwer verletzt.

„War der Mann groß, klein, dick, dünn? War es ein Weißer, Schwarzer, ein Dunkelhäutiger, Zigeuner oder vielleicht ein Türke? Was hat der Mann angehabt? Hat er eine Kappe aufgehabt oder eine Kapuze? Eine helle oder dunkle Jacke, oder vielleicht gar keine? Können Sie vielleicht sein Fahrrad beschreiben, war es ein älteres, ein modernes, ein Mountain- oder Citybike, könnte es vielleicht sogar gestohlen gewesen sein?“

Eine Summe von Fragen stürzte auf die Frau ein. Sie wollte bereits beginnen, die Fragen zu beantworten, als sie dann schließlich hervorstieß: „Ich kenne den Mann!“

„Das ist gut! Mir war von Anfang an klar, dass Sie eine gute Zeugin wären! Also, sie kennen den Mann. Gut. Das ist gut!“

„Ja. Ich weiß sogar seinen Namen.“

„Ja? Wieso sagen Sie mir denn den nicht gleich?“

„Wieso? Weil Sie mich gefragt haben, ob er groß, klein, dick oder dünn wäre, ein Schwarzer, Weißer, Dunkelhäutiger, Zigeuner oder Türke, was er angehabt hat, ob er eine Kapuze, eine Haube, ein Birett oder eine Baseball-Kappe aufgehabt hat, ob er ein älteres oder neueres, modernes oder gar ein gestohlenes Fahrrad gehabt hat? Sie haben mich doch das gefragt!“

„Ja, gut. Wie heißt er jetzt?“

„Karl Bauer.“

„Pchch.“

„Bitte? Ich habe ihre Frage jetzt nicht verstanden.“

„Ich habe nichts gefragt, ich habe nur ausgeatmet. Wie kam es zu dem Vorfall und dass Sie ihn dabei erkennen konnten?“

„Ich war bei einer Veranstaltung der Pfarre Marcel Callo. Sie wissen ja eh, die Kirche in der Tuchfabrik Himmelreich & Zwicker. Zuerst war da eine Vernissage von diesem Julius Evangelist Wasserholtz, einem höchst untalentierten Farbenkleckser, wenn Sie mich fragen, und dann waren Häftlinge da…“

„Häftlinge? Gleich mehrere? Bewaffnet? Wie haben Sie die erkannt? Ausgebrochene? In Häftlingskleidung?“

„Nein. Was lassen Sie mich denn nicht ausreden. Ehemalige Häftlinge des Konzentrationslagers Gusen. Viele waren aus dem Ausland, einige sogar aus Übersee. Die waren Gäste in der Pfarre. Wissen Sie, ganz alte Herrschaften, manche schon neunzig. Da wurde ein Vortrag gehalten und über ein

Buch gesprochen. Die Leute waren da zu einem Treffen gekommen.“

„Ja. Und der Radfahrer?“

„Der war auch da. Ja. Ich habe ihn in der Pfarre drinnen bereits bemerkt, er hat mich mit einem höchst sonderbaren, eisigen, um nicht zu sagen irren Blick so komisch angeschaut, dass mir angst und bang wurde und kalte und heiße Schauer über den Rücken gelaufen sind. Der hat gerade so dreingeschaut wie der Klaus Kinsky.“

„Der Klaus wer?“

„Kinsky.“

„Waren die zusammen? Sind die miteinander gekommen?“

„Nein. Er hat so geschaut wie der Klaus Kinsky. Das war ein Schauspieler. Der ist schon gestorben, der hat immer so irre geschaut.“

„Ja, und was hat jetzt dieser Klaus …Kinsky mit diesem Umstand zu tun?“

„Eh nichts.“

„Ja, und?“

„Dem würde ich locker jedes Verbrechen zutrauen…“

Offizier Moser unterbrach: „Dem Kinsky?“

„Nein, dem Bauer. Weil abgesehen von dem Vorfall mit mir gestern ...“

„Welchem Vorfall?“

„Sie lassen mich ja nie ausreden. Na, dass er mich beinahe überfahren hätte. Das habe ich Ihnen doch schon gesagt. Hätte ich nicht so rasch reagiert, hätte er mich mit dem Fahrrad umgefahren. Dieser hätte mich in seiner Eile, die mir – jetzt im Nachhinein gesehen – wie eine Flucht erschien, beinahe überfahren. Und in seiner Hand hat er auch etwas gehabt, glaube ich mich erinnern zu können. Ein Maurerfäustel, …oder so etwas Ähnliches.“

„Ein Maurerfäustel, soso, und der Mann, den Sie erkannten, war Karl Bauer?"

„Ja, sagte ich ja. Ich war natürlich total erschrocken und, und, und wenn ich nicht so geistesgegenwärtig gewesen wäre, wäre ich vermutlich von diesem angefahren, möglicherweise zusammengeschlagen, schwer verletzt oder gar getötet worden."

„Das sagten Sie bereits."

„Außerdem weiß ich zufällig, dass dieser Karl Bauer einen sehr, sehr schlechten Leumund hat und er auch andere schwerwiegende Delikte schon begangen hätte, das habe ich in der Zeitung gelesen. Autodiebstahl, Brandstiftung, Handtaschenraub, Vergewaltigung, Bilderdiebstahl, Bildung einer kriminellen Organisation und sogar Mord an zwei Jugos und einem Vernissagenbesucher. Dass man ihm das dann nicht nachweisen hat können, liegt angeblich an einem ziemlich dilettantisch agierenden Polizisten, der scheinbar zu blöd für seine Arbeit ist. Das muss, wenn Sie mich fragen, ein ziemlicher Volltrottel sein."

„Pchch."

„Ja, bei uns im Haus hat wer sogar gesagt, der steckt mit dem unter einer Decke."

„Pchch!"

„Was? Haben Sie… Ach was. Ich sage Ihnen, der Bauer war es hundertpro, der war es mit Bestimmtheit! Tausendpro sogar! Was ist denn nun wirklich geschehen, Herr Inspektor?"

„Offizier Moser, bitte. O f f i z i e r ! Inspektor gibt's kan!"

„Also bitte, H e r r O f f i z i e r M o s e r ."

„Frau H., beim derzeitigen Stand der Ermittlungen kann ich Ihnen zu meinem größten Bedauern noch nicht mehr sagen. Aber Sie können sicher sein, dass ich mich auf dem Laufenden halte und sobald ich irgendetwas Genaueres erfahre, werde ich Ihnen das sofort mitteilen. Aber, bitte, bleiben sie noch da, halten Sie sich zu meiner Verfügung, es wird garantiert so sein, dass ich Sie nochmals befragen muss. Sie sind meine Kronzeugin, Und… Sie dürfen mit niemanden darüber sprechen. Ja? Versprochen? Strengste Vertraulichkeit! Es werden noch andere kommen, was weiß ich wer, vielleicht wer vom Fernsehen oder sonst wer, Sie sind zu Stillschweigen verpflichtet.

Wir hier brauchen Sie auf alle Fälle gleich wegen einer Gegenüberstellung mit dem Karl Bauer. Keine Angst, er wird Sie dabei nicht sehen können, weil Sie hinter einer Venezianischen Spiegel stehen."

„Ach so, ich bin aber nicht eitel."

„Nein, der Spiegel heißt nur so, da kann man nur von einer Seite durchschauen. Bitte bleiben Sie da, wir holen ihn und machen dann gleich die Gegenüberstellung."

*

Das Interview.

Redakteur Johann H. kannte bereits den Hausbrauch beim Wachzimmer Kleinmünchen, schließlich ging er dort regelmäßig ein und aus. Er hatte seinen Wagen auf dem für die Kollegenschaft und Funkstreifen reservierten Parkplatz abgestellt, obwohl dieser bereits ziemlich zugeparkt war. Selbst der Grünstreifen direkt neben dem Polizeigebäude wurde, was eigentlich verboten wäre, mit zwei knapp nebeneinanderstehenden Fahrzeugen zugeparkt.

Nachbarn wissen zu berichten, dass ein einmal abgestrafter Magistratsbeamter niederen Ranges, der vergeblich von den Herren Kollegen vom Wachzimmer auf dem ‚kleinen Amtsweg' eine Strafminderung beziehungsweise das Zerreißen des Strafzettels erbeten hatte, sich gerächt hatte und – gewusst wie! – das Abstellen dieser Fahrzeuge in der Wiese anonym bei der Bezirksverwaltungsdirektion angezeigt hatte. Ein Gespräch eines höheren Beamten des Wachzimmers mit einem höheren Beamten des Magistrates sorgte allerdings dann dafür, dass nämliche anonyme Anzeige auf dem – ebenso – kleinen Dienstweg im Sande verlief.

*

Auf den Stufen des rückwärtigen Eingangs des Wachzimmers Kleinmünchen stießen Marianne H. und Redakteur Johann H. von der wichtigsten Tageszeitung des Landes beinahe zusammen.

„Guten Tag."

„Grüß Gott. Hallo. Sagen Sie, sind Sie nicht der Chefredakteur von dieser großen kleinformatigen Zeitung?"

„Nein, Chefredakteur bin ich nicht, aber wohl der wichtigste Redakteur. Woher kennen wir uns?"

„Ich kenne Sie von ihren tollen Artikeln wegen den Brandstiftungen in der Spinnerei und dem Mord im Löwenfeldhaus. Super. Genau den Kern der Sache getroffen; nämlich einerseits, was ihre Betrachtung der so genannten ‚Modernen Kunst' betrifft als auch den Rest des Artikels. Sie sind doch wegen diesem Mordfall bei der Tuchfabrik da und wollen Auskunft?"

„Tatsächlich, wissen Sie leicht etwas?

„Ja natürlich? Ich bin die Kronzeugin."

„Ach so? Darf ich Sie auf einen Kaffee ins Arbeiterheim Kleinmünchen einladen?"

„Aber gerne."

Frau H. setzte sich kurzerhand in das Auto des Starredakteurs und in nicht weniger als drei Minuten parkten sie vor dem Arbeiterheim. Dieses war jedoch verschlossen; für immer. Wahrscheinlich wieder so eine fabelhafte Geschäftsidee des Geschäftsführers MMag. Bausparvertrag. Also fuhren sie ins Simonystüberl, eine Querstraße weiter. Gemütlich nahmen sie Platz.

„Der Ermordete ist im Bachbett gelegen. Haben Sie ihn gesehen?"

„Nein. Ich habe gerade aus dem Wohnzimmerfenster geschaut, wo man genau auf die Stelle dort hinsieht und habe dann die vielen Leute und die Polizeiautos gesehen."

„Und sind hingegangen?"

„Ja. Natürlich. Aber da war schon alles abgeschirmt. Also bin ich zu einem dort stehenden Offizier gegangen, weil den kenne ich."

„Ach so? Woher kennen Sie den leicht?"

„Ich war vor einigen Jahren im Elternverein der Scharmühlwinkelschule und da war ich Klassensprecherin, Kassierin und auch Schülerlotsin. Und da war der Offizier Moser der Verantwortliche für die Schülerlotsen bei der Polizei, da habe ich öfters mit ihm zu tun gehabt. Er hat sich zwar vorhin nicht mehr an mich erinnern können, aber ich habe ein so gutes Gedächtnis, dass ich ihn sogleich erkannte."

„Aha."

„Also bin ich – wie gesagt – gleich zu ihm hingegangen und habe von dem Vorfall gestern erzählt."

„Welchen Vorfall?"

„Moment. Alles der Reihe nach. Gestern war in der Pfarre Marcel Callo..."

Redakteur H. unterbrach: „Marcel Callo? Was heißt das?"

„So heißt unsere Pfarre da. Ich bin nämlich da an namhafter Stelle im Pfarrgemeinderat und im Kirchenchor, bei der Goldhaubengruppe, bei der Frauengruppe und im Mieterverein…"

„Ich verstehe jetzt leider nicht ganz, was das mit dem Kirchenchor zu tun hat."

„Nein, eh nichts. Sie haben ja gefragt. Jetzt habe ich Ihnen das schon erzählen müssen."

„Also in der Pfarre Marcel Callo war eine Veranstaltung? Ja? Sagen Sie mir bitte, wo ist denn da die Kirche? Ich war gerade dort, ich habe keine gesehen. "

„Die Kirche Marcel Callo ist im Fabrikgebäude ‚Linzer Tuchfabrik – Himmelreich & Zwicker'. Ja, wir sind dem Himmelreich sehr nahe!"

„So, so. Im Himmelreich. Das könnte eine tolle Schlagzeile geben! Und weiter."

„Ja, da war eine Vernissage. Wieder von diesem komischen Maler Julius Evangelist Wasserholtz, für den eh schon im Löwenfeldhaus eine Galerie eingerichtet wurde. So etwas Sinnloses! Um unser Geld natürlich. Die wurde von der Frau Nationalratspräsidentin eröffnet. Und dann war da noch eine Veranstaltung mit ehemaligen Häftlingen vom Konzentrationslager Gusen. Die haben da eine Wiedersehensfeier gehabt und sich Vorträge angehört. Und wir vom Pfarrgemeinderat haben sie bewirtet und ihnen Kuchen gebacken und Brötchen gestrichen.

Also, ich habe keine Brötchen gestrichen und auch keinen Kuchen gebacken, weil ich einen wichtigen Arzttermin gehabt habe und da ist mir keine Zeit mehr geblieben zum Kuchenbacken, aber sonst tue ich das immer.

Es ist ja eh hinlänglich bekannt, wie lange man heutzutage bei den Ärzten warten muss; zuerst einmal einen Termin bei einem Arzt zu bekommen ist schon ein Horror, wissen Sie! Das kann schon gut ein halbes Jahr dauern, bei einem Augenarzt, zum Beispiel. Darüber sollten Sie auch einmal Ihren Lesern berichten, das ist ein wahrer Skandal, da schreiben sie überall, es gibt eine Ärzteschwemme und …"

Redakteur H. diskret: „Ich weiß, das ist ja wirklich schlimm. Und da war diese Veranstaltung, und dann?"

„Dann haben wir uns noch alle zusammengesetzt und ich musste einigen Häftlingen beziehungsweise den Begleitern von denen, weil die sind ja samt und sonders alle älter als achtzig, etwas über die Kirche und den Marcel Callo erzählen. Wissen Sie, der war auch ein Häftling im Konzentrationslager in Gusen, müssen Sie wissen, bei der Flugzeugfertigung, Unternehmen Bergkristall, der ist dort umgekommen, richtiger gesagt: umgebracht worden, zu Tode geschunden.

Wissen Sie, ich habe da, fragen Sie mich aber bitte nicht von wem, weil das darf ich nicht sagen, höchst vertrauliche Informationen, die besagen, dass in diesem Unternehmen Bergkristall in einem bis heute geheimen Stollen sogar eine Atombombe gebaut werden sollte, das haben jetzt sogar Probebohrungen bewiesen, hat aber das Ministerium sofort dementiert und versiegeln lassen und weiträumig sperren. Ist aber so, aber bitte wirklich höchst vertraulich.

Und die ehemaligen Häftlinge haben uns da auch Dinge erzählt, bei denen kann es sich nur, wenn man sich auch nur ein wenig so wie ich auskennt, um den Bau einer Atombombe gehandelt haben. Wissen Sie, diese Teile, die jetzt noch gefunden werden, sind unzweifelhaft für eine Atombombe bestimmt. Da können Sie sich auf mich verlassen, weil da kenne ich mich ganz gut aus. Und dann haben sie noch erzählt, wie es ihnen dort ergangen ist. Ich sage Ihnen, das war ja furchtbar…"

Redakteur H. unterbrach wieder diskret. „Ja, das seid Ihr dann zusammengesessen, und dann?"

Frau H. antworte ein wenig beleidigt: „Dann bin ich nach Hause gegangen."

„Ja, und wie kommen Sie dann dazu, dass Sie jetzt auf einmal Kronzeugin geworden sind?"

„Sie lassen mich ja nie ausreden, wenn Sie mir dauernd dreinreden, entziehen Sie sich der Gunst, mir zuhören zu dürfen."

„Sie müssen schon entschuldigen, dass ich so kurz angebunden bin, aber wir haben in zwei Stunden Redaktionsschluss und ich muss ja noch meinen Artikel schreiben und die Fotos abgeben, entschuldigen Sie bitte. Sie können sich ja vorstellen, dass unsere Leser nicht nur ein Recht auf Information haben, sondern bei solchen Ereignissen möglichst genau informiert werden wollen. Darf ich jetzt, ehe ich vergesse, rasch ein Foto von Ihnen machen. Sie sind eine ganz wichtige Zeugin. Danke. Und wie ging es weiter? "

„Ja, und dann bin ich nach Hause gegangen, ich wohne ja nur zweihundertfünfzig Meter weiter in der Karl Steigerstraße."

„Aha, und?"

„Auf Nummero siebzig!"

„Soso."

„Ja, und wie ich da so genau zu der Zeit, zu der die Polizei vermutet hat, dass es die Tatzeit gewesen sein muss, heimgegangen bin, hat mich ein Radfahrer beinahe mit dem Fahrrad von hinten anzufahren versucht. In einem Irrsinnstempo, so wie wenn er geflüchtet wäre. Ist er auch!“

„Und Sie, wenn ich raten darf, konnten der Polizei behilflich sein, den Mann zu identifizieren? Wie hat die Person ausgeschaut?“

„Natürlich kann ich das! Der war auch dort in der Pfarre. Ich kenne den sogar. Und ich kennen sogar seinen Namen.“

„Ja?“

„Das darf ich Ihnen aber nicht sagen, hat der Herr Offizier Moser gesagt. Amtsverschwiegenheit und Datenschutz, oder so.“

„Aber das gilt sicher nicht für mich, das wissen Sie schon! Weil ich habe einen öffentlichen Informationsauftrag. Dem muss ich nachkommen, sonst mache ich mich sogar strafbar. Aber das werden Sie doch wohl wissen, oder?“

„Nein, das habe ich nicht gewusst.“

„Also, wie heißt der Kerl?“

„Ich weiß nicht…“

Redakteur H. hielt Frau H. einen Fünfzigeuroschein hin und meinte: „Ich weiß, Sie hatten Auslagen, da, nehmen Sie, Sie dürfen das!“

„Das war der Vortragende bei diesem Rundgang, ein gewisser Karl Bauer.“

„Pchch.“

„Was haben Sie?“

„Ich habe nur laut ausgeatmet.“

„Na angehört hat sich das, als ob Sie Asthma hätten.“

„Nein, habe ich nicht. Ich bin Sportler und stehe im Training!“

„Dart? Schach? Minigolf?“

„Nein, Bowler.“

„Stellen Sie sich vor, der Kerl ist bei uns in Kleinmünchen schon ziemlich bekannt wegen verschiedener Delikte. Handtaschenraub, Brandstiftung, Mord, Bandenbildung, Bilderdiebstahl und noch einiges. Der kommt immer wieder frei. Kein Mensch versteht das. Der hat einen Schutzengel im Justizministerium. Sagen Sie, den kennen Sie doch auch? Über den haben Sie doch beim Löwenfeldhaus schon geschrieben, oder nicht?“

„Pchch!“

„Was ist?“

„Sie sagten Karl Bauer, sind Sie sich da ganz sicher?“

„Ja. Ich kenne doch den Kerl.“

„Fällt Ihnen noch irgendetwas Wichtiges ein?“

„Nein, geben Sie mir Ihre Telefonnummer. Haben Sie keine Karte?“

„Nein leider, nicht da. Trotzdem danke. Ich muss jetzt sofort in meine Redaktion. Wie gesagt, danke vielmals.“

*

Telefonat II.

Wenn ich am Display meines Telefons die Worte „Unbekannter Anrufer“ lese, dann geschehen drei Dinge gleichzeitig. Erstens schwellen die Zornesadern an meiner Stirn, zweitens steigt mir das Magenwasser bis zur Zungenwurzel hoch und drittens werde ich temporär so kraftlos, dass ich den Hörer nicht mehr abzuheben imstande bin beziehungsweise die grüne Taste am Schnurlostelefon außerstande bin zu drücken.

Nun war es wieder einmal so weit. Mein Mobiltelefon klingelte wie wild. Mein erster Blick signalisierte ‚Unbekannter Anrufer‘. Ich ignorierte die erste Anrufwelle, auch die zweite und erst recht die dritte. Der Unbekannte ließ es jedes Mal ausdauernd läuten. Dann hatte der Anrufer – Gott-lob-und-dem-Himmel-sei-Dank – aufgegeben.

Dachte ich. Plötzlich klingelte das Festnetztelefon. Ich habe da ein schon älteres Gerät. Das werde ich aber erst dann ersetzen, wenn es kaputt ist. Bis dahin werde ich mir überlegen, ob ich überhaupt noch einen Festnetzanschluss möchte. Aber es war dennoch modern genug, mir zu zeigen, dass der Anrufer ebenfalls seine Nummer unterdrückt hatte. Ich ignorierte es wieder. Einmal, zweimal und ein drittes Mal. Doch bei der vierten telefonischen Invasionswelle brach mein Widerstand vollkommen und ich hob ab.

„Hallo?“ sagte ich mit verstellter Kinderstimme.

Anrufer (männlich): „Wer spricht denn da?“

Ich: „Ich.“

Anrufer: „Und wer bist denn Du?“

Ich: „Ich, und wer bist Du?“

Anrufer: „Ich möchte mit Herrn Bauer sprechen!“

Urplötzlich erkannte ich die Stimme des Anrufers. Oh Gott! Oh Gott!

„Nein, ich bin ein kleines Kind. Wissen Sie, meine Mutti hat gesagt, ich darf mit niemanden sprechen, der mit unterdrückter Nummer anruft. Das sind immer böse Menschen. Bist Du leicht mein Neffe? Oder bist Du ein Neffe von der Mutti oder vom Vati?“

„Nein.“

„Und, wie heißt Du denn? Hast Du zufällig einen Namen?“

Anrufer: „Ich möchte jetzt aber ganz schnell mit dem Herrn Bauer sprechen!“

„Meine Mutti hat gesagt, Du musst mir sagen, wie Du heißt.“

„Ich …“

„Und meine Mutti hat mir gesagt, Du sollst die Rufnummernunterdrückung aufheben.“

Anrufer: „Gib mir Deine Mutti!“

„Meine Mutti hat gesagt, sie ruft Dich zurück!“

„Aber das…“

Ich legte kurz entschlossen auf.

Plötzlich klingelte es schon wieder, wieder stand ‚Unbekannter Anrufer' am Display. Nach mehreren ergebnislosen Versuchen hob ich schließlich wieder ab.

„Hallo? Gibst Du mir jetzt Deine Mutti? Bitte.“

„Bist Du vielleicht blöd? Du sollst mir Deinen Namen sagen!“

Anrufer: „Ich bin von der Polizei.“

„Ja, das würde das erklären.“

Anrufer: „Ich bin Polizeioffizier Moser.“

„Und ich bin der Nikolaus. Aus, Maus, Opernhaus, Richard Strauß, jetzt ist's aus, Nikolaus. Polizei, Depp dabei. Meine Mutti sagt, dass Leute, die ihre Nummer unterdrücken, immer was Schlechtes oder Böses wollen. Hab' ich Dir doch schon gesagt.“

Anrufer: „Warte! Hol bitte die Mutti."

„Die ist nicht da, ruf am Abend wieder an, wenn der Vati und die Mutti da sind. Pfirti. Und vergiss nicht auf die Rufnummernunterdrückung."

*

Nach nur wenigen Minuten stand wieder einmal eine uneingeladene Abordnung des Wachzimmers Kleinmünchen vor meiner Wohnungstür, läutete Sturm und klopfte wild. Ich ging zur Wohnungstür, starrte durch den Spion und sah die Bescherung. Durch Erfahrung schon klug geworden schrieb ich für meine Frau, die zum Einkauf mit der Straßenbahn in die Stadt gefahren war, rasch ein Post It und heftete es an die Pinnwand beim Vorzimmerspiegel. „Polizei hat mich verhaftet. Bitte unbedingt Dr. Buchinger verständigen!" Erst dann öffnete ich die Wohnungstür.

Ein mir unbekannter Polizist stieß mit dem Fuß die Tür auf.

„Was darf ich für die Herren tun?"

„Kommen Sie mit aufs Wachzimmer! Wo ist das Kind?"

„Welches Kind?"

„Mit dem der Herr Offizier Moser vorhin gesprochen hat."

„Da ist kein Kind."

Der Polizist schlängelte sich an mir vorbei und drehte sich zu mir um.

„Also wo?"

„Lassen Sie die Schuhe ruhig an, ohne Durchsuchungsbefehl müssen Sie auch die Schuhe nicht ausziehen; aber schauen Sie doch!"

Er begann die Wohnung zu durchsuchen. Er schaute in alle Räume einschließlich Klo, Abstellräume, Balkon, Bad, unter das Ehebett, in den Schlafzimmerkasten, unter die Couch und

– gelernt ist gelernt – in die Pendeluhr und war total verwundert, kein Kind vorzufinden.

„Sie werden ja inzwischen gegneißt haben, dass Sie mir jetzt sagen müssen, warum Sie da sind und warum Sie Nachschau halten, und das ohne Hausdurchsuchungsbefehl. Und auch, wenn Sie mich mitnehmen wollen, warum. Und dass ich noch meinen Anwalt verständigen darf. Das wird Ihnen ja Ihr Vorgesetzter ganz genau erklärt haben, insofern Sie das nicht selber wissen sollten oder das auf der Polizeischule in den ersten Wochen Gelernte schon wieder vergessen haben."

„Nein. Er hat gesagt, ich solle Sie mitnehmen, Sie wissen schon warum."

„Nein, ich weiß nicht warum. Ich weiß gar nichts."

„Aber es ist Gefahr im Verzug."

„Welche Gefahr?"

„Zum Beispiel, dass Sie flüchten."

„Ah, ja, genau. Diese Überraschung ist Ihnen ja wirklich jetzt gelungen. Von der Flucht im Schlafanzug konnten Sie mich gerade noch abhalten. Gratuliere! Aber ich rufe jetzt einmal meinen Anwalt an."

„Dürfen Sie nicht."

„Darf ich schon. Ich habe Rechte."

„Hören Sie, auch wenn das ganze Wachzimmer schon über Sie spricht und wir Ihnen bisher nichts nachweisen konnten, es ist sicher nicht so, dass wir die Deschek s sind und wir obendrein auf unsere Kosten noch ausgelacht werden und sie wieder einmal der Grund dafür sind. Sie tun ja gerade so, als ob sie tun könnten, was Sie wollen."

Ich griff zu meinem Mobiltelefon und wählte die gespeicherte Nummer von Dr. Buchinger. Der Polizist holte sich mit einem raschen Griff mein Mobiltelefon, steckte es ein, fasste nach meiner Hand und bog sie mir ziemlich schmerzhaft auf den Rücken. Ich konnte gar nicht so schnell schauen, da hatte ich auch schon den Achter um die Handgelenke.

„Ich protestiere! Das ist eindeutig gegen das Gesetz."

„Papperlapapp, kommen Sie, gehen Sie freiwillig oder ich schleife Sie einfach mit. Mir ist das wurscht. Und wenn Sie nicht freiwillig gehen, ist das eindeutig ein glasklarer Zwohundertneunundsechziger. Also was jetzt?"

Ich durfte bekanntermaßen bereits in den letzten Monaten ein gerüttelt Maß an Erfahrungen hinsichtlich die Auslegung des Paragraphen ‚Widerstand gegen die Staatsgewalt' sammeln; unfreiwillig natürlich. Was ich von den neueren, moderneren Auslegungen von Polizeimethoden und des Widerstands-Paragrafen zu halten hätte, war gerade vor ein paar Tagen im Fernsehen gezeigt worden. Beim sogenannten Tierschützerprozess. Da hatten die Tierschützer nach sechs oder sieben Jahren Prozessdauer zwar Recht bekommen und waren nach einem ziemlichen Wirrwarr freigesprochen worden, aber sie sind jetzt samt und sonders pleite und arbeitslos.

Jahrelang herumzuprozessieren wäre auch nicht gerade so mein Ding. Also ging ich. Mit Handschellen. Vorbei an den wieder einmal mich mit großen Augen alle fünf Stockwerke nach unten verfolgenden Hausparteien. Wie bei einem Dominospiel ging eine Tür nach der anderen auf und mehr oder weniger mitfühlende Nachbarn verfolgten meinen Abgang, nur nicht Frau Marianne H. Diese Tür blieb verschlossen. Meinem Garagennachbarn, mit dem ich ab und zu ins Schwatzen komme, raunte ich zu, er möge meiner Frau sagen, sie solle raschest unseren Anwalt anrufen.

Der Polizist, der das mitbekam, schnauzte ihn an und wollte von ihm wissen, ob er nicht auch gleich mitkommen möchte. Erschrocken warf dieser seine Wohnungstüre zu. Ich war mir sicher, dass er es nicht wagen würde, meiner Frau auch nur ein Wort zu sagen.

*

Die Polizeimethoden werden – sollte man meinen – immer ausgefeilter und gewitzter. Evaluiert, wie man so schön sagt. Beim Polizeigebäude eingetroffen wurde ich über die Hintertür durch einen größeren Raum durchgeschleust und musste – in gewohnter Weise – vorderhand einmal …warten. Nebenan war der Raum, in dem, wie ich bereits wusste, der Journalbeamte saß. Das Zimmer füllte sich langsam. Langsam trudelten kurz nacheinander aus den benachbarten Pausen- und Schlafräumen Polizistinnen und Polizisten ein. Sie verschanzten sich hinter den auf ihren Schreibtischen stehenden Monitoren und lugten mit einem Auge hervor. Ich hatte irgendwie den Eindruck, dass einzelne demonstrativ ihre Pistolen zurechtlegten und auffällig eine Hand in deren Nähe positionierten.

Dann kam Offizier Moser und ließ mich – in der Zwischenzeit keines einzigen Blickes würdigend – in den Verhörraum bringen. Das Gemurmel hinter den verspiegelten Wänden verriet mir, dass dahinter mehrere Personen die Aufnahme meiner Personalien verfolgte. Ich konnte mir gut vorstellen, dass allgemeine Schadenfreude und Wohlwollen über diesen Zustand die Stimmung massiv hob.

„Nachname?“

„Bauer.“

„Geboren am?“

„Soundsovielten.“

„Vorname?“

„Karl.“

„Wohnhaft?“

„Steigerstraße siebzig.“

„Das heißt Karl Steigerstraße.“

„Ja?“

„Ja.“

„Geboren in?"
„Dortunddort."
„Name der Mutter?"
„Paula."
„Des Vaters?"
„Paul."
„Ach wie witzig. Ernst?"
„Nein. Paul."
„Beruf?"
„Das wird Ihnen, wenn erforderlich, mein Anwalt sagen. Ach, übrigens, würden Sie bitte meinen Anwalt verständigen?"
„Gemach, gemach! Wir werden das tun, was wir müssen."
„Warum nicht gleich?"
„Seien Sie sich dessen gewiss, dass wir wissen, was wir zu tun haben."
„Wen meinen Sie mit ‚wir'?"
„Na, uns."
Ich drehte mich hin und her und schaute demonstrativ hinter ihn und dann auf einzelne Stellen im Spiegel, hinter dem ich einzelne Augenpaare vermutete. „Uns? Welche Dienstnummer hat dieser ‚uns', für den Fall, dass ich eine Beschwerde einbringen möchte, oder eine Belobigung, was ja nicht recht der Fall sein wird."
„Das werden wir Ihnen noch rechtzeitig sagen."
„Nein. Ich möchte das gleich wissen."
Rundum war von der hochwerten Kollegenschaft Gemurmel und ärgerliches Murren zu hören.
„Wissen Sie, dass es in Ihrer Lage wesentlich vernünftiger wäre, nicht unbedingt frech zu sein? Weil Sie müssen wissen: so wie man in den Wald hineinschreit, so schallt es zurück! Nur so nebenbei bemerkt!"

„Richtigerweise lautet das Sprichwort: Wie man in den Wald hineinruft, so schallt es heraus. Auch nur so nebenbei bemerkt."

„Oho, seine Magnifizenz gescheitelt."

„Ja. Genau. Weil wir schon davon sprechen. Der Verwaltungsgerichtshof hat entschieden, dass Verdächtige v o r der polizeilichen Einvernahme darauf hingewiesen werden müssen, dass sie das Recht haben, einen Rechtsbeistand zur Vernehmung beizuziehen. Müssen, wie gesagt. Also, warum ist das nicht geschehen?"

„Weil Sie als Auskunftsperson einvernommen werden."

„Eine Auskunftsperson in Handschellen? Sie können schon anfangen darüber nachzudenken, wie viele Leute das in meinem Haus gesehen haben. Sie haben mich festgenommen! Ich darf Sie daran erinnern, was ich zu Ihnen gesagt habe, wie sie mich abgeholt haben. Ich sagte: ‚Ich rufe jetzt einmal meinen Anwalt an.' Und Sie sagten: ‚Dürfen Sie nicht.' Daraufhin sagte ich: ‚Darf ich schon. Ich habe Rechte.' Daraufhin sagten Sie: ‚Hören Sie, auch wenn das ganze Wachzimmer schon über Sie spricht und wir Ihnen bisher nichts nachweisen konnten, es ist sicher nicht so, dass wir die Deschek sind und wir obendrein auf unsere Kosten noch ausgelacht werden und sie wieder einmal der Grund dafür sind. Sie tun ja gerade so, als ob sie tun könnten, was Sie wollen.'

Ich griff daraufhin zu meinem Mobiltelefon und wählte die gespeicherte Nummer meines Anwalts Dr. Buchinger. Sie nahmen mir mit einem raschen Griff mein Mobiltelefon weg und steckten es ein, fassten nach meiner Hand, bogen mir diese ziemlich schmerzhaft auf den Rücken und legten mir Handschellen an. Daraufhin sagte ich: ‚Ich protestiere! Das ist eindeutig gegen das Gesetz.' Sie sagten: ‚Papperlapapp, kommen Sie, gehen Sie freiwillig oder ich schleife Sie da einfach mit. Mir ist das wurscht. Und wenn Sie nicht freiwillig gehen ist das eindeutig ein glasklarer Zwohundertneunundsechziger. Also was jetzt?'

Und jetzt reden Sie von Auskunftsperson? Da lachen ja die Hühner!"

„So war das nicht."

„Na, dann kann ich ja jetzt gehen."

„Nein."

„Ich fordere Sie jetzt letztmalig auf, meinen Rechtsbeistand anzurufen!"

„Das erledigen wir anders!"

Unter Abnahme von Hosenriemen und Schuhbändern verfrachtete er mich in das mir schon sattsam als Ausnüchterungszelle bekannte Kammerl ohne Wasser, ohne Klo und ohne – wie ich gleich feststellte – funktionierende Klingel. Die sich hinter ihren Schreibtischen und Monitoren verschanzt habenden Polizistinnen und Polizisten stellten ihre vorgetäuschten Schreibtischarbeiten ein und verfolgten interessiert und mit Wohlwollen meinen Abgang. So, als ob nicht solche Dinge jeden Tag dort vorkommen würden, so als ob das etwas ganz Besonderes wäre. Ich bildete mir sogar ein, versteckt das eine oder andere hämische Grinsen gesehen zu haben.

Entgegen der üblichen Gepflogenheit, mich vorerst eineinhalb Stunden warten zu lassen, dauerte diesmal der Zeitraum bis zu meinem nächsten Verhör gleich zweieinhalb Stunden. Entweder wollten mir die Gewaltigen des Wachzimmers eine Nachdenkpause verschaffen oder bedurften sie selbst einer solchen, um ein geeignetes Delikt zu finden, welches sie mir dann vorwerfen konnten, oder sie hatten ihre Methoden gravierend verändert. Evaluiert eben. Und in diesem Fall hätten sie dann außerdem ausreichend Zeit, entsprechende Beweise zu finden beziehungsweise, insofern keine vorhanden waren, sich um solche umzuschauen oder welche zu konstruieren.

Mein Erfahrungsschatz mit den Damen und Herren des Wachzimmers Kleinmünchen war ja schon entsprechend umfangreich und leidvoll. Genau genommen darf ich mich in Wirklichkeit aber nur über den Polizisten G. Hartl und den Offizier Erich J. Moser beschweren, diese waren genau die, die mir die Gunst des Aufenthaltes in ihrer Nähe bescherten.

Als ich schließlich vorgeführt wurde, hatte ich mitgezählte einhundertzweiundfünfzigmal – natürlich ergebnislos – geläutet; was immer auch als Läuten zu verstehen sei. In Ermangelung einer – wie bei meiner letzten Inhaftierung in der Zelle vergessenen – Red-Bull-Dose hatte ich zwar meinen Schuh als Hilfswerkzeug verwendet, der aber hatte nach nicht einmal einer Stunde seinen Geist aufgegeben und ich hielt von ihm zwei Teile nun in Händen.

Das Verhör begann ein mir unbekannter Polizist zu führen. Grimmig, stirnrunzelnd und mit einer strengen Falte um die Nasenwurzel stierte er mich an. Minutenlang. Offenbar hatte Offizier Moser wieder eine neue Verhörtaktik kreiert. In sein Kinngrübchen legte er seinen Zeigefinger und drückte es mit Mittelfinger und Daumen von beiden Seite zusammen. Dann ließ er wieder aus und dann drückte wieder zusammen. Minutenlang.

Als ich ihm dann keine Antworten bei der Erhebung meiner Daten gab, wurde er lauter. Ich zeigte mit meinem Zeigefinger auf meinen Mund und bat um einen Zettel und um einen Bleistift. Einerseits widerwillig und andererseits generös, als wäre er der Weihnachtsmann, gab er mir dann schließlich beides.

Ich hätte eine sporadische Trommelfellphobie und könne fast nichts hören, schrieb ich ihm hin, und dann noch, dass ich auch eine temporäre Stimmbandlähmung hätte, die mir jedwedes Sprechen unmöglich mache beziehungsweise mir das nur mit größten Schmerzen erlaube. Und zum Drüberstreuen verzog ich gleich noch einmal schmerzhaft das Gesicht und verkrampfte meine Hand, sodass der Polizist erkennen konnte, dass auch das stimmte, was ich ihm auf den Zettel schrieb: auch mit dem Schreiben ginge momentan nichts, ich hätte eine temporäre Schreibhandlähmung.

Vorsorglich hatte ich ihm noch den Namen und die Telefonnummer von Dr. Buchinger notiert und ganz groß die Frage hingeschrieben: ‚Wo ist mein Anwalt???'

Der vernehmende Polizist wurde hinausgeholt und beratschlagte sich mit einem Kollegen, vermutlich mit Offizier Moser. Es war ein ausgesprochenes Pech für mich, dass dieser noch nicht versetzt worden war, so wie ich zuletzt irrtümlich in der Sauna informiert worden war.

Was lag an? Wessen wurde ich bezichtigt? Ich war einigermaßen beunruhigt, weil mir bewusst war, dass Offizier Moser aus den leidvollen Erfahrungen, die er in letzter Zeit mit mir machen musste, wahrscheinlich gelernt hatte und sich entsprechend angepasst und situationselastisch verhalten würde. Zu meinem Nachteil natürlich!

*

Die Gegenüberstellung.

Ich hörte Schritte von festem Schuhwerk. Der mir bereits vom Sehen bekannte Polizist – namens Josef W., wie ich später herausfand – holte mich aus der als Arrestzelle benutzen Ausnüchterungszelle. Mit meinem Schweizermesser, auf dem sich auch ein Schlitz- sowie ein Kreuzschraubenzieher befinden und welches mir aus unerfindlichen Gründen nicht abgenommen worden war, hatte ich die Klingel in der Zelle repariert.

Die lange Dauer meines Wartens in der Zelle ließ mich schon Ärgstes befürchten. Dass es mir möglicherweise genau so ergehen würde wie dem Jugendlichen Andreas Mihavecz, der im Vorarlberger Höchst insgesamt achtzehn Tage in seiner Zelle ausharren und nahe am Verhungern und Verdursten dahinvegetieren musste. Dies ließ mein Herz gleich schneller schlagen. Mit an den Wänden herunterlaufendem Kondenswasser konnte er halbwegs genug Flüssigkeit zu sich nehmen. Um vierundzwanzig Kilo leichter verließ er gerade noch lebend die Zelle. Das war Weltrekord!

Ich hatte aber nicht vor, irgendeinen idiotischen, Weltrekord zu brechen. Auch graute mir allein schon davor, meinen eigenen Urin trinken zu müssen.

Für Offizier Moser wäre es sicher der beste Weg gewesen, mich solcherart zu entsorgen. Ich saß auf der Pritsche und phantasierte schon vor mich hin. Ich vermeinte zu spüren, wie der Flüssigkeitsverlust bereits zum Halluzinieren führte. Ich bin doch unschuldig! Lasst mich frei, ich habe Euch doch die Klingel repariert.

Ich erinnerte mich noch genau, wie mich bei der letzten Festnahme Inspektor G. Hartl, als ich ihn auf das Nichtfunktionieren der Klingel hingewiesen habe, angeschnauzt hat; „Bin ich Elektriker?“

Polizist Josef W. und ein junger Kollege führten mich in das rundum verspiegelte Verhörzimmer und wiesen mich an, mich auf einen bestimmten Platz so ziemlich in der Mitte des Raumes hinzustellen. Dann stellten sich die beiden Uniformierten links und rechts neben mich.

Rundherum hörte ich leise, dumpfe Stimmen. Im Beobachtungsraum forderte Offizier Moser Frau H. auf, genau zu schauen.

„Ich stelle fürs Protokoll fest: in dem Raum befinden sich drei Personen. Können Sie in diesem Raum jemanden erkennen, der ihnen bekannt ist?"

„Ja. Der zwischen den zwei Polizisten, das ist der Radfahrer. Das ist der Karl Bauer."

„Ich stelle fürs Protokoll fest: Frau Marianne H. identifizierte den in der Mitte stehenden Mann als Karl Bauer, den sie persönlich kennt."

„Das ist eindeutig der Karl Bauer. Ich weiß nicht, ob ich Ihnen das schon gesagt habe, auch weil ich mir nicht hundertprozentig sicher bin. Am Gepäckträger dürfte er eine blutige Axt gehabt haben, oder ein Maurerfäustl."

„Nein, um Gottes Willen. Das sagen Sie jetzt bitte nicht. Haben Sie wirklich eine Axt gesehen oder ein Maurerfäustl oder irgendetwas anderes, was er am Gepäckträger gehabt hat?"

„Ja, es hat geglänzt. Vielleicht keine Axt gerade, sondern ein Fleischermesser?"

„Bitte, Sie dürfen nur sagen, was Sie gesehen haben. Aber nicht, was Sie vermuten oder sich wünschen würden, das würde unsere ganzen Ermittlungen ja negativ beeinflussen."

„Apropos beeinflussen. Ich habe gerade den Eindruck, dass Sie mich beeinflussen wollen. Das ist nicht gut. Das ist eindeutig eine Manipulation. Solche Sachen werden in ganz Kleinmünchen ohnedies über Euch gesagt. Zum Schluss sind

Sie der, der ihm immer wieder hilft und da heraushaut, Ihre Fragestellung kommt mir auch ein wenig komisch vor. Und einen schriftlichen Bericht an die Menschenrechtsliga gibt es ja auch schon, oder nicht? Das werden Sie wohl selbst längst wissen. Das ist Tagesgespräch. Darüber wird hier bei uns in der Siedlung überall geredet."

„Nein, ich beeinflusse Sie nicht. Ich will Sie auch nicht beeinflussen! Ich erkläre Ihnen nur, dass Sie nicht sagen können, Sie haben eine blutige Axt gesehen, wenn Sie keine gesehen haben. Wenn der Tote – und das wissen wir nämlich noch gar nicht – vergiftet worden wäre, das ist jetzt – ausdrücklich – bitte nur ein Beispiel, also hypothetisch, dann wäre das für den Mann mit der blutigen Axt ein Freispruch. Verstehen Sie?"

„Ach so, vergiftet worden ist der? Warum sagen Sie mir das nicht gleich?"

„Nein. Das war nur ein Beispiel. Das wissen wir noch gar nicht! Wir wissen noch gar nichts, wir wissen noch nicht einmal, wer der Tote ist."

„Aha, also…"

„Erkennen Sie jemanden in dem Raum?"

„Ja. Eindeutig."

„Ist das der Radfahrer, der Sie beinahe umgefahren hat?"

„Was umgefahren? Mich umbringen wollte er, meinten Sie!"

„Dem Sie ausgewichen sind, zur Seite gesprungen sind oder so, nicht wahr? Haben Sie den schon einmal gesehen? Kennen Sie den zufällig auch mit Namen?"

„Na sicher, das ist der Karl Bauer, wohnhaft Karl Steigerstraße siebzig."

„Woher wissen Sie seine Hausnummer?"

„Ich wohne auch da."

„Aha."

„Und ich erkundige mich über alle, die ich nicht mag. Im Google steht so vieles, Sie glauben gar nicht, was alles."

„Und der da heißt Karl Bauer?"

„Ja. Der ist das! Tausendpro!"

*

Ich gab dem Polizisten Josef W. zu verstehen, dass ich auf die Toilette müsste und Durst hätte. Er führte mich zur Toilette, ließ natürlich die Tür offen, damit ich mich nicht an der Spülkastenkette erhängen könnte und wies mit einer fahrigen Handbewegung auf den Wasserhahn.

„Meinen Sie damit leicht, dass ich mich gleich waschen solle?"

„Nein. Sie sollen gleich trinken, im Vernehmungszimmer wird nämlich kein Wasser serviert."

Tatsächlich, er gebrauchte das Wort serviert! Ein Wort, das ich so verstehe, dass es von Service abgeleitet wird. Ich tat also beides. Zurückgekehrt in den Verhörraum gab ich ihm zu verstehen: „Sie, ich bin jetzt schon so lange da, ich habe Hunger! Und außerdem, ich erwarte minütlich meinen Anwalt Dr. Buchinger."

„Was heißt da minütlich, woher wollen Sie das wissen?"

„Weil Sie ihn in genau den nächsten dreißig Sekunden anrufen!"

„Sooo? Werde ich das?"

„Ja, wissen Sie, da gibt es Gesetze. G e s e t z t e, falls Sie das Wort noch nie gehört haben. Und eine Menschenrechtskonvention. Und sonst, mein Lieber, werde ich dafür sorgen, dass Ihnen die Eier eckig geschliffen werden, wenn Sie wissen, was ich meine."

„Wollen Sie mir vielleicht drohen?"

„Aber nein. Ich drohe niemand. Das habe ich in meinem ganzen Leben noch nicht notwendig gehabt. Wissen Sie was, ich habe irgendwie den Eindruck, Sie haben genau den gleichen IQ wie der Kollege Hartl. Rufen Sie jetzt sofort den Dr. Buchinger an!“

„Sie können hier überhaupt nix! Ich habe Anweisungen, die werde ich befolgen.“

„Bin ja nur gespannt, ob der, der Ihnen diese Anweisungen angeblich gegeben hat, bei einem Verfahren wegen Amtsmissbrauch das dann bestätigen wird und dann auch den Zeugen macht, um ihnen die Stange zu halten. Diese Behandlung geht hundertpro zum Europäischen Gerichtshof und zu Amnesty International. Das sind so richtige Polizistenfresser, die warten auf solche Fälle wie auf einen Bissen Brot. Amnesty International braucht für Leute wie Sie nicht einmal ein Körnchen Salz, die schlucken Sie unzerkaut. Und auf das können Sie sich jetzt schon selber einen lutschen. Und noch etwas sage ich Ihnen. Ich werde Ihnen die Eier nicht eckig schleifen. Nein! Aber ich sorge dafür, dass Euer windiges Wachzimmer Kleinmünchen zugesperrt wird. Zugemauert oder zugeschissen, hoffentlich mit Euch allen noch drinnen. So. Und jetzt bringen Sie mir schleunigst etwas zu essen. Und schon haben wir wieder ausgeredet! Abgang!“

„Wissen Sie, Herr Bauer, ich habe gerade den Eindruck, dass Sie irgendwie etwas von mir wollen, es gibt zufälligerweise da so ein passendes Zauberwort.“

„Ja? Das kenn’ ich…Hokus Pokus simsalabim.“

*

Kein Platz im Himmelreich.

Der bei Kleinmünchens – intellektuell eher mäßig begabten – Lesern des Kleinformats wegen seiner pointierten und phantasievollen Schreibweise bereits bestens bekannte und allseits beliebte Redakteur Johann H. setzte sich an den Computer und hämmerte seinen Text förmlich in die Tastatur, Im gesamten Flur der Redaktion rauschte es geradezu. Die Kollegin ein Zimmer weiter hob ihren Kopf und ging nachschauen. Sie kannte das, wenn ihr Kollege Johann so rasch schrieb. In so einer eher seltenen Phase seines Schaffens hatte er, das wusste sie aus Erfahrung, einen Fisch, wie er sich stets ausdrückte, an der Angel. Eine geile Sache, einen Hit, eine pulitzerpreisverdächtige Story.

Da war es angebracht, tunlichst nicht zu stören; selbst ein Hüsteln, ein ungewolltes Niesen und der leiseste Furz konnten da seinen Schreibfluss stören und ihn – sozusagen – aus der Zeile werfen. Redakteur H. ist, muss man wissen, einer der erfolgreichsten Redakteure des kleinformatigen Raunzerblattes. Einer guten Story wird in diesem Format vieles untergeordnet; ja, fallweise auch die Wahrheit. Egal, die Wahrheit war ohnedies noch nie eine Prämisse, eher schon die Verkaufszahlen. Bei einer guten, sich über mehrere Tage hinziehenden Geschichte mit möglichst vielen makabren, blutrünstigen und widerwärtigen Details merkte man deutlich, wie die Verkaufszahlen förmlich in den Himmel schossen.

Ein paar passende – wie zumeist selbst oder von einem Volontär geschriebene – aufgeregte, empörte, aufwühlende, exaltierte Leserbriefe taten da das Übrige.

Der Leitspruch des Johann H. lautet deshalb: BBBB. Das heißt: je **b**arbarischer, **b**estialischer, **bl**utrünstiger und **bru**taler ein Verbrechen, umso höher die Verkaufszahlen, umso höher die Prämie und umso eindeutiger das Lob des Alten.

*

Der Alte war, nebenbei bemerkt, ein Genie auf diesem Gebiet und hatte ein Näschen für gute Headlines. Nur, in den letzten Jahren seines schaffensreichen Lebens, wurde er – wurde hintertragen – beratungsresistent. Diese Kleingeister, Hyänen, Schneebrunzer und Furchengeher wurden täglich mehr und mehr und knabberten an seinem Lebenswerk.

*

H. griff zum Telefon und rief den dafür zuständigen Kollegen in der Wiener Redaktion an. „Hallo, ich bin es, der Johann. Ja, der aus Linz, der Bowler. Ich bin da gerade an einer ganz heißen Sache, halte mir bitte eine ganze Seite frei. In der Bundesausgabe. Mord. Ich brauche zwei gute Fotos. Das erste von der Linzer Tuchfabrik, am besten mit dem Schriftzug am Giebel. Da steht „Linzer Tuchfabrik“ und darunter „Himmelreich & Zwicker“. Besonders gut herauskommen muss aber der Schriftzug Himmelreich. Den Zwicker brauchen wir nicht. Meine Headline heißt nämlich: ‚Kein Platz im Himmelreich’. Und dann brauche ich noch ein Foto von diesem Karl Bauer; da haben wir sicher noch einige im Archiv. Der wurde damals verdächtigt, dass er bei der Kleinmünchner Spinnerei gezündelt hat.

Du, den muss man aber sehr gut erkennen können. Und montiere ihm über die Augen einen schwarzen Streifen, so wie es sich gehört. Aber einen ganz dünnen, so, dass man sieht, es ist einer da und so, dass er nicht stört. Geht das? Du. In einer dreiviertel Stunde bin ich längstens fertig. Tschüss!“

Und schon wieder rauschte es im Gang der Redaktion der wichtigsten Zeitung des Universums.

Der Artikel war hervorragend gelungen, mein Foto ebenso. Der Herr Redakteur hatte ja noch eine alte Rechnung mit mir offen, solche Dinge verziehen sich nicht wie der Dunst, solche Sachen müssen abgearbeitet werden, Punkt für Punkt. Und irgendwann gibt es immer eine passende Gelegenheit. Bei der schreibenden Zunft gilt noch immer: wer sich rächen will, muss nur die notwendige Zeit haben, einen klaren, kühlen Kopf und ruhiges Blut! Ein paar passende Worte finden sich immer.

Man erinnere sich nur – nebenbei erwähnt – an die Sommergespräche 2013, als der knopfaugerte Fernsehmoderator verbissen den Bundeskanzler vorzuführen versuchte und ziemlich knapp daran war ihn zu fragen, wann der denn das letzte Mal masturbiert hatte. Das hat er sich dann aber doch nicht getraut. Aus solchen vergebenen, am Ego arg kratzenden Situationen resultiert dann eine – oft sogar total unbegründete – immerwährende Feindschaft, die dann im Hinterkopf auf kleinem Feuerchen stets dahinköchelt.

Und – gleichsam wie ein Wolf – lauert dann der Interviewer. Irgendwann ergibt sich ein andermal schon wieder eine passende Gelegenheit. Ein bei einem lockeren Interview unaufmerksamer Moment genügt sodann, und schon schnappt die Falle zu, wird eine Frage gestellt, aus der sich der Interviewte nicht mehr herausdrehen kann. Des Wolfes Zähne hört man jetzt schon wieder meilenweit gräulich knirschen und ihn laut knurren.

Der legendäre Staberl zum Beispiel – aber das nur nebenbei bemerkt – war ja auch dem Kreisky zeitlebens bitterböse, weil dieser zu seiner Hochzeit zu spät gekommen ist. Was bildete der Idiot sich doch ein. Wer war er denn leicht schon? Der Bundeskanzler, na und? E r aber war der Staberl! D e r Staberl!

*

Mit recht viel Text und Fakten konnte H. nicht aufwarten, umso größer waren dann die Headline, ein Foto von der Tuchfabrik, eines vom Weidingerbach und mein Foto mitsamt schwarzen Balken über meinen Augen.

Zu allem Überfluss und meinem Leidwesen wurde der Artikel in der Frühabendsendung ‚Oberösterreich HEUTE' eingehend besprochen und auch die brandneue Tatsache erwähnt, dass man des Täters habhaft wäre. Karl B., es gilt die Unschuldsvermutung, wurde noch ergänzend erwähnt, wäre in dem im Süden von Linz liegenden Stadtteil Kleinmünchen längst kein Unbekannter mehr. Er wurde bereits mit mehreren Brandstiftungen in der Kleinmünchner Spinnerei, bei denen beträchtlicher Sachschaden entstand, einem Handtaschenraub bei der Straßenbahnhaltestelle Rädlerweg, wo eine betagte Frau beraubt und verletzt worden war, Autodiebstahl, Bilderdiebstahl, Bankraub und zuletzt dem Mord an zwei jugoslawischen Gastarbeitern und dem Kunstwissenschafter Mag. Dr. Klaus R. verdächtigt. Eine unverständliche und sonderbare Fügung des Schicksals jedoch ermöglichte es ihm immer wieder, bei allen ihm zur Last gelegten Verbrechen irgendwie durch die Maschen des Gesetzes zu schlüpfen.

Aber …viele Hunde sind des Hasen Tod und der Krug geht so lange zum Munde, bis man bricht!

Nicht zuletzt war das durch die in diesem Fall unübertreffliche Zusammenarbeit zwischen Polizei, Fernsehsender und Zeitung erst möglich. Genau genommen war es die Basisarbeit zwischen Redakteur Johann H. und dem Wachzimmer Kleinmünchen. Da wiederum wäre Offizier Erich J. Moser besonders hervorzuheben.

Es wäre allgemein sehr erfreulich, wusste man weiter zu berichten, dass Redakteur H. ob seiner seriösen und genauen Recherchen für eine wichtige internationale Auszeichnung für Zeitungsredakteure vorschlagen wurde und andererseits, dass Offizier Moser mit modernsten amerikanischen Methoden, nämlich ‚Predictive Policing' und ‚Data Mining' und anderen, selbst entwickelten Ermittlungsmethoden, wie dem ‚Herzblattverhör' und ‚Siebzehn-minus-vier' in der Zwischenzeit sagen konnte, dass man minütlich ein Geständnis des Verdächtigen Karl B., es gilt natürlich bis dahin die Unschuldsvermutung, erwartete. Der Verdächtigte war kurz vor einem Geständnis und bereits sprichwörtlich – wie in der von der Polizei bevorzugten Diktion in solchen Fällen so gesagt wird – eingebrochen.

*

Darüber hinaus werde Offizier Moser, wurde frohlockend in der Form angekündigt, als wie wenn der Redakteur und seine Zeitung sowohl Aufklärer des Verbrechens als auch Betreiber des Karrieresprungs gewesen wären, im kommenden Jahr gleich mehrere Seminare an der Philadelphia Police-Academy unterrichten. Diese Philadelphia Police-Academy wäre weltweit die modernste Polizeischule und es wäre für den Offizier, die Stadt Linz und ganz Österreichs Polizei inklusive Innenministerin eine große Ehre, denn diese Ehrenerweisung sei gleichzusetzen mit allerhöchsten Auszeichnungen. Diese Unterrichtstätigkeit wird auch als Nobelpreis der Investigation bezeichnet.

Von dieser Auszeichnung wusste Offizier Moser zu diesem Zeitpunkt allerdings noch nichts. Diese Überraschung hatte Dr. W. eingefädelt, um solcherart den unbeliebtesten Offizier seines Kommandos für längere Zeit wegzuloben. Und dann, war sich Dr. W. sicher, käme für diesen ohnedies nur mehr eine adäquate Position im Ministerium in Frage.

*

Bericht der Prosektur.

Der zuständige Pathologe am Allgemeinen Krankenhaus der Stadt Linz, Dr. Leopold L., zugleich Leiter des Gerichtsmedizinischen Instituts, seines Zeichens eine international anerkannte Fachkraft, der gleich an mehreren Europäischen Universitäten Fachkurse für Spezialisten im Bereich der Pathologie abhielt, hatte seine Arbeit rasch, präzise und gewissenhaft abgespult. Er legte stets größten Wert auf eine rasche Erledigung seiner Arbeit. In diesem Falle dauerte es nicht lange, der Fall war von den Verletzungen her relativ unkompliziert und die Leiche hatte noch dazu den Vorzug, noch nicht allzu sehr geruchsverbreitend zu sein.

Er nahm sein Diktiergerät und zog sich in sein kleines Büro hinter der Prosektur zurück. Dort spielte er seine Diktate auf seinen Computer und ließ es mittels eines Sprachübersetzungsprogrammes gleich in ein Word-Dokument übersetzen.

Innerhalb einer Stunde hatte er seine diktierten Sätze korrigiert, ergänzt und zu einzelnen Blöcken zusammengestellt.

Er hatte da seine Methode, nach der er stets vorging. Dr. L. wusste, wenn er dies nicht gleich täte, dass ihm einzelne Details später nicht mehr so klar und deutlich zu Bewusstsein kämen. Also obduzierte er und schrieb sogleich den Befund; immer nur eine Obduktion und nur einen Befund. Das war heiliges Prinzip. Ein Schriftsteller würde, postulierte er bei seinen zahlreichen Vorträgen an den verschiedenen europäischen Universitäten, ja auch nicht parallel zwei oder mehrere Bücher gleichzeitig schreiben. So etwas könne keiner.

In der Pathologie wären es nämlich immer nur die kleinen und kleinsten Details, die oft die Lösung eines Falles erst ermöglichen. Wenn einem Opfer der halbe Schädel weggeschossen worden war, formulierte er – dabei meistens Gelächter erntend – pointiert, wäre das weit nicht so aufschlussreich, als wie wenn das Opfer zwischen zwei Zehen einen fast unsichtbaren Einstich gehabt hätte.

Ihm war bewusst, dass ohne seine Arbeit als Pathologe die Arbeit der Kriminalisten um vieles schwerer wäre. Je nüchterner er die einzelnen Fakten aufbereitete, umso früher war ein Endergebnis möglich.

Einzelne Worte und einzelne Sätze sowie Blöcke strich er an. Dann nahm er das Dokument und druckte es auf Klebeblätter aus. Diese Blätter klebte er auf eine hauchdünne Metallfolie. Scheinbar genießerisch schnipselte er mit einer groben Schere die einzelnen Sätze aus. Genüsslich deshalb, weil er in diesem Fall die Lösung schon im Hinterkopf wusste; rein intuitiv.

Und dann heftete er diese Ausschnitte auf zwei von ihm selbst verschieden gefärbelte IKEA-Magnetboards. Immer wieder reihte er Sätze um, tauschte sie gegeneinander aus, rückte den einen vor und den anderen zurück, legte sie teilweise übereinander. So lange, bis er dachte, fertig zu sein und nichts mehr verändern zu müssen. Gleich mehrmals las er alles nochmals durch und tauschte oder verrückte immer seltener Sätze. Als er fertig war, nummerierte er die Ausschnitte und korrigierte in dieser Reihenfolge sein Worddokument, welches er anschließend ausdruckte.

Dann schrieb er einen seiner berühmten Kurzbefunde. Der war in diesem Fall sehr kurz. Vermutliche Todeszeit: zweiundzwanziguhrdreissig bis nulleinhundert mit der Anmerkung, dass durch die Temperatur des Wassers eine gewisse Streuungsbreite der Todeszeit anzunehmen wäre. Wahrscheinlich eher um dreiundzwanzig Uhr als später. Weiters wäre der Tote an den Knien und an den Ellbogen sowie an der linken Seite der Schläfe nahe am Auge verletzt. Im linken Oberschenkel wäre ein abgebrochener Teil eines Einkaufswagens der Firma ADEG, die in der Tuchfabrik einen Einkaufsmarkt betrieb, gesteckt.

Anschließend schrieb er seinen endgültigen Befund. Er wusste, dieser würde zwar sehr selten gelesen, am ehesten vom Staatsanwalt und vom Richter, aber erst darin legte er sich endgültig und eindeutig fest. Das war wie das Evangelium. Er hatte sich noch nie geirrt.

Im Schlusssatz ersuchte Dr. Leopold G. den Ermittlungsbeamten um ein abschließendes Gespräch. Erfahrene Kriminalisten wussten dies sehr zu schätzen.

*

Telefonat III.

Dr. Leopold G., der Pathologe, erhielt einen Anruf. Er befand sich inmitten eines Mordprozesses, bei dem es auf seinen Befund ankam. Der Beklagte behauptete, zur Tatzeit unter Drogen gestanden zu sein. Während beim Getöteten Spuren dieser genannten Drogen nachgewiesen werden konnten, war dies beim Beklagten überhaupt nicht der Fall.

Jedoch bei einer neuerlichen Untersuchung, dies zu einer Zeit, zu der sich der Beklagte bereits in Untersuchungshaft befand, wurden Suchtgiftspuren festgestellt, was schlussfolgernd auf eine schlampige Untersuchung hinzielte, für den Beklagten aber letzten Endes eine große Strafmilderung bringen würde.

In hervorragender Weise konnte Dr. G. den Sachverhalt erklären. Mitten in seine Erläuterungen läutete sein Telefon. So lange, bis er es schließlich, sich mehrmals entschuldigend, ausschaltete. Offizier Erich J. Moser tat ihm auf seiner Sprachbox kund, er solle ihn unverzüglich anrufen, er müsse mit ihm sprechen, außerdem bräuchte er dringendst den Obduktionsbefund.

Dr. Leopold G. war überrascht. Seiner Information nach war es ein anderer Ermittlungsbeamter, der den Fall bearbeitete. Er würde, nahm er sich vor, zuvor beim Untersuchungsrichter nachfragen.

In der Eile und insbesondere wegen seines umfangreichen Arbeitspensums, das er zu absolvieren hatte, vergaß er diesen Rückruf und schickte Offizier Moser den Befund zu.

Ein bekannter, erfahrener, erfolgreicher Richter am Linzer Landesgericht setzt sich in lobenswerter Weise bei vielen Gelegenheiten dafür ein, dass mehr obduziert werden müsste. Allzu viele Verbrechen würden aufgrund der unsinnigen

Sparmaßnahmen sozusagen unter den Seziertisch fallen und nicht aufgeklärt, weil zu wenig seziert würde.

Bei einer Fachtagung stand er auf und erläuterte dies auch anhand von Zahlen und schloss sein Kurzreferat mit der pointierten Aussage, dass bei einer routinemäßigen Untersuchung aller – nicht nur der zweifelhaften – Fälle eine nicht unerhebliche Zahl an Mordfällen zur Statistik dazukommen würde. Es wäre kein gutes Zeichen an die Verbrecher, welches man durch diese unsinnigen Sparmaßnahmen setze, ja, geradezu eine Aufforderung, die Erbtante oder den Göd vorzeitig ins Gras beißen zu lassen. Zahlreiche mitanwesende Juristen pflichteten dem, heftig mit dem Kopf zustimmend nickend, bei.

Ein ebenfalls anwesender – durch seine Parteizugehörigkeit in diese höchste Position gehievter – leitender Polizeibeamter jedoch sprang auf und widersprach leidenschaftlich, sah er nämlich einerseits durch solche Maßnahmen bereits seine ansonsten gute Statistik ins Gegenteil verkehrt und fürchtete andererseits, mit dem vorhandenen Personal nicht mehr auskommen zu können. Darüber hinaus hatte er den eindeutigen politischen Auftrag seiner Ministerin auszuführen und so zu argumentieren, auch erwartete sein Landespepi eine gleichfalls so lautende Statistik. Ein Widerspruch würde einen gewünschten – längst ins Auge gefassten – Karrieresprung geradezu konterkarieren.

Der Richter des Landesgerichts antwortete unter dem Applaus der Mitkollegen, dass es nicht Angelegenheit des Spardruckes und noch viel weniger der Statistik sein könnte, dass heute Morde nicht mehr aufgeklärt werden sollten und von Haus aus strittige Fälle, wo die Aufklärung wenig aussichtsreich sein würde, gar nicht mehr angepackt würden.

Hätte der erfahrene Fachmann zu diesem Zeitpunkt bereits gewusst, dass daran gedacht war, die Pathologie in Linz überhaupt aufzulassen und auszulagern, hätte er wahrscheinlich den Landespolizeikommandanten eigenhändig erwürgt.

Nun, der Pathologe Dr. Leopold G. sandte mit Eilboten den Sezierbefund an Offizier Moser, der den Kurzbefund sogleich studierte, um ihn anschließend gemeinsam mit dem – von ihm ungelesenen – erläuternden und endgültigen Langtext in seinen Stahlschrank bei den mit ‚vertraulich' gestempelten Schriftstücken verschwinden zu lassen. Er hatte genug gelesen und nun den eindeutigen Beweis für meine Schuld: Die schwere Verletzung am Kopf führte zur Ohnmacht und die Verletzungen an Ellbogen und Knien stammten vom Sturz ins Wasser. Dass das Opfer Martin H. aufgrund der Ohnmacht dann ertrank, war ebenso schlüssig.

Er hatte nun alles, was er brauchte, jedoch noch nicht das Motiv und natürlich auch nicht die Tatwaffe. Frau H. hätte aber gesagt, sie hätte eine blutige Axt, ein Maurerfäustl, ein Fleischermesser oder ähnliches auf dem Gepäckträger wahrgenommen, sie hätte etwas glänzen gesehen. Er brauchte jetzt nicht Zweifel aufkommen lassen, auch wenn ihm aufgrund seiner jahrzehntelangen Erfahrung diese redselige Zeugin ziemlich suspekt war. Schließlich hatte sie dezidiert den Täter gesehen, beschrieben, erkannt und mit Namen nennen können. Was solle er da andere Schlüsse ziehen; und wozu auch?

Vielleicht, dachte er sich, war es aber auch nur eine einfache Luftpumpe, die sie gesehen hat? Ja. Eine solche wird es wahrscheinlich sogar gewesen sein. Denn auch mit einer solchen könne man jemand eine gehörige auf die Nuss geben und dann einfach über das Geländer schubsen.

Und Motiv? Nachdem es mir, davon war auszugehen, in meiner Bosheit schon nicht gelungen war, Frau H. an- oder umzufahren und niederzustrecken, wäre es doch naheliegend, wenn ich mich dann an einem wehrlosen, nichts ahnendem anderen Opfer schadlos halten würde. Das war durchaus glaubwürdig zu argumentieren und stand für ihn, nachdem er mich eigentlich ja schon besser kannte, eindeutig fest.

Als Tatmotiv kamen niedere Gründe wie Bosheit oder mein krimineller, schier krankhafter, abnormer, naturwidriger Drang zu zerstören oder zu verletzen, in Frage. Im Herzblattverhör würden sicher noch einzelne Details zu Tage kommen.

*

Und die Tatwaffe, wie logisch! – ein guerickscher Verdichter. Das war genial und würde keinem Menschen, dem ich zufällig begegnen würde, auffallen und mich als Täter ins Spiel bringen. Viele Radfahrer nehmen zum Radfahren eine Luftpumpe mit; eine Axt, ein Maurerfäustl, ein Fleischer- oder Bowiemesser eher gar nicht!

Offizier Erich J. Moser klopfte sich selbst auf die Schulter. Das war in der Tat seine große Chance. Damit könnte er – wieder einmal – seine Genialität beweisen.

Dann setzte er sich in seinen – von ihm selbst gekauften und in seinem Büro aufgestellten – wuchtigen Ledersessel, legte die Füße auf das kleine Beistelltischchen und versuchte, seinen Blutdruck auf ein erträgliches Maß zu senken. Er spürte lautes Pochen an seinen Schläfen und wusste aus Erfahrung, dass er erhöhten Blutdruck haben würde. Nach etwa einer Viertelstunde nahm er seine Armbanduhr von der Hand, legte sie auf das Tischchen und legte sein – ebenso selbst gekauftes – Blutdruckmessgerät an. Das Gerät zeigte 172:108. Nachdem ihm dies etwas hoch erschien, nahm er eine Tablette und versuchte sich zu beruhigen.

In dieser Zeit konzentrierte er sich auf eine weitere Option, nämlich den ihm verhassten Baumeister Ing. Manfred D., dem er von der letzten Amtshandlung her ein hochnotpeinliches Verfahren an allerhöchster Stelle mit anschließender Herabstufung zu verdanken hatte, noch mit ins Boot zu holen.

Vortrefflich, diese Diktion gefiel ihm bestens. Bei einem brisanten Fall mit drei Toten im Löwenfeldhaus an der Dauphinestrasse hatte er nämlich den Eindruck gewonnen, dass ich mit dem Baumeister gut bekannt wäre. Das wären – dachte er damals schon – irgendwie Brüder im Geiste, solchen suspekten Individuen wäre jederzeit ein gemeinschaftlicher Mord zuzutrauen.

Dann verwarf er aber diese Möglichkeit. Vielleicht würde sich bei späterer Gelegenheit irgendetwas ergeben und dann habe er den guten Herrn Baumeister bereits auf seinem Radar. Es wäre ja wirklich gelacht, wenn ihn ausgerechnet dieses Mal sein kriminalwissenschaftliches Bauchgefühl täuschen würde.

Flugs schickte er eine Funkstreifenbesatzung zu mir nach Hause, um die Tatwaffe sicherzustellen.

*

Der Prozess.

Die komplette Runde der Tennisdamen war zur Hauptverhandlung gegen den Albaner erschienen. Keine wollte die Gelegenheit auslassen, noch dazu, wo gleich fünf von ihnen sowieso als Zeuginnen vorgeladen waren.

Mehr oder weniger verstohlen setzten sie sich in die hinteren Reihen. Allesamt würden sie, falls erforderlich und aufgerufen – vortreten können und von ihren schlechten, kostspieligen Erfahrungen mit diesem Herrn berichten.

Der Albaner, zufällig vertreten durch den eingangs bereits geschilderten Strafverteidiger Mag. Dr. Andreas M., stritt wegen prozessstrategischer Gründe auf Anraten desselben grundsätzlich alles ab. Erstmals erfuhren die anwesenden Tennisdamen seinen richtigen, vollständigen Namen. Einige kicherten. Heinrich L.

Heinerle, Heinzi, Heini, raunten sie sich gegenseitig kichernd zu. Rosa St. – sie hatte eine durch langjähriges Rauchen tiefe, erotische Stimme – summte in einer Prozesspause: „Heinerle, Heinerle, hot ka Göld." Woraufhin die anwesenden Damen in verhaltenes Gelächter ausbrachen. Ein Teil lachte, weil es so lustig klang, der andere Teil mehr oder weniger gequält, weil sie selbst Geschädigte des geldgierigen Radikalliebhabers geworden waren.

Strafverteidiger Mag. Dr. M. bemühte sich, Gerlinde S. als sexsüchtige Nymphomanin ins schiefe Licht zu rücken und stellte in Aussicht, hier im Gerichtssaal über ihre erstaunlichen Sexualpraktiken zu berichten, denn die normalen, anständigen und durch und durch rechtschaffenen Leute sollten einmal wissen, mit wem sie es da zu tun hätten. Es wäre von öffentlichem Interesse, was diese für ein Sexualmonster sei und eigentlich, das müsse man hier mit aller Deutlichkeit auch aussprechen, sein Klient der Verführte und Geschädigte war.

Der Albaner vulgo Heini L. war in höchstem Ausmaß nervös. Nicht weil er vor Gericht stand. Nein, daran hatte er sich im Laufe der Jahre bereits gewöhnt, sondern aus anderen, vorderhand nicht erfindlichen Gründen.

Der Strafverteidiger stellte den Antrag um Ausschluss der Öffentlichkeit. Die Begründung des Verteidigers war, dass sich der Beklagte dermaßen schäme und tätige Reue versprochen habe. Das müsse man doch honorieren! Bei so viel lüsternem Publikum, dabei drehte er sich um und wies in die Runde, würde es ihm von Anbeginn schwergemacht, den Weg zurück in die Normalität und Anständigkeit zu finden.

Dem Antrag wurde nicht stattgegeben. „Aber“, meinte der Richter, „wir wollen versuchen, die Dinge in der gleichen Diktion ans Licht zu bringen, wie Sie es, Herr Strafverteidiger, gerade bei der Nebenklägerin versuchten.“

Im Zuge der Verhandlung stellte sich heraus, dass es bei diesem Verfahren wesentlich mehr Geschädigte gab. Es war eigentlich niemand besonders überrascht, dass es ausschließlich Damen waren. Es wunderte sich schließlich auch niemand, dass der Albaner zudem noch mehrere bedingte Vorstrafen hatte, die wie ein an einem Seidenfaden hängendes Damoklesschwert über ihm hingen.

Von der angebotenen tätigen Reue und dem hochheiligen Versprechen, den Schaden gutmachen zu wollen und ratenweise abzustottern, hielten jedoch weder der Staatsanwalt noch der Richter und am allerwenigsten die beteiligte Bank und die sich als Privatbeteiligte anhängende Gerlinde S. in Form ihres Anwalts Dr. Buchinger nichts.

Der Staatsanwalt meinte auf die Beteuerungen Heinrichs nur lapidar: „Owa! Das haben Sie bereits das letzte Mal versprochen.....und das vorletzte Mal auch und das vorvorletzte

Mal auch. Mein Herr, Sie haben eine so lange und überzeugende Speisekarte, dass Ihnen das nicht einmal die von Friederike Stolz künstlerisch so eindrucksvoll geschaffenen zu Stein erstarrten niedlichen Herrn in der Grottenbahn am Pöstlingberg glauben würden."

*

Aber auch die als Nebenklägerin auftretende Bank wurde vom Richter in der Luft zerrissen und auf die eigenen Verfehlungen und das eigene Verfahren verwiesen, wo sie sehr viel damit zu tun haben würden, ihre eigene Unschuld nachzuweisen. Der inzwischen eingesetzte Kurator der Bank entschuldigte sich kleinlaut und verwies extra darauf, dass er von der Bankenaufsicht erst nach diesem Fall eingesetzt wurde und dass die Bank alles daransetzen werde, entstandenen Schaden restlos bis auf den letzten Cent gutzumachen.

Das Urteil fiel sehr eindeutig aus. Dem Albaner wurden vor allem seine zahlreichen unbedingten Vorstrafen zum Verhängnis. Der Richter verkündete das Urteil und meinte gelassen: „Wir werden uns bemühen, Sie einerseits in der Gefängniswäscherei an eine rechtschaffene, regelmäßige Arbeit zu gewöhnen als auch Ihnen andererseits deutlich zu machen, sich künftighin von den Frauen fernzuhalten."

Alle Anwesenden mit Ausnahme des Albaners bedankten sich für das Urteil. Einen aufbrandenden Applaus unterband der Richter mit einem strafenden Blick.

*

Die Mordkommission.

Kommissar Gustav B., von seinen Kollegen kurz KGB genannt und auch so angesprochen, war trotz seiner gerade einmal zweiundvierzig Jahren Lebensalter ein sogenannter alter Hase. Zahlreiche komplizierte Fälle konnten schon durch seine langjährige Erfahrung und seine gewissenhafte Arbeit gelöst werden. Seine ‚Klienten' fürchteten ihn und wussten, dass er einen Fisch, der einmal an seiner Angel hing, nicht mehr losließ. Kommissar Gustav B. war überdies ein Fan der Arbeit des Pathologen Dr. Leopold G.

Doch heute lag der erwartete Bericht noch nicht auf seinem Tisch. Verwundert fragte er die Kollegin bei der Einlaufstelle, was denn los sei, warum denn der Befund noch nicht da wäre, oder ob er schon bei ihr liege, was diese verneinte. Kommissar B. griff zum Telefon, um beim Pathologen anzurufen. Dieser war bass erstaunt, weil er habe seinen Bericht natürlich schon längst fertig und auf Anforderung von Offizier Erich Moser ihm diesen auch sofort zugeschickt.

„Pchch."

„Entschuldung, Herr B., ich habe Sie nicht verstanden."

„Ich habe nur laut ausgeatmet."

„Was ist denn leicht, war das nicht in Ordnung?"

„Pchch."

„Was bedeutet das?"

„Grundsätzlich ist immer alles in Ordnung, Herr Dr. L., nur dem Moser etwas zu schicken ist nie in Ordnung."

„Wieso?"

„Moser ist unser Udo."

„Und was heißt das?"

„Unser dümmster Offizier."

„Und in diesem Fall?"

„Könnten Sie mir bitte Ihren Bericht mailen, damit ich ihn gleich durchlesen kann? Bitte!“

„Ist schon unterwegs.“

„Danke, darf ich mich anschließend wie gewohnt gleich bei Ihnen melden`“

„Aber gerne.“

„Wiederhören.“

„Wiederhören.“

*

Eineinhalb Stunden später saßen beide Herren gemütlich in der Polizeikantine und schlürften mehrere Bierchen beziehungsweise mehrere Kaffee mit doppeltem Cognac. Nachdem Alkohol für beide Herrn im Dienst nicht erlaubt war, soll hier nicht näher darauf eingegangen werden, wer was trank.

In diesem amikalen Gespräch wurden die Umstände des Todes und aller einzelnen Aspekte genau erläutert, ausreichend beleuchtet und beurteilt.

Kommissar Gustav B. hatte seine Mitarbeiter bereits angewiesen, Erhebungen hinsichtlich der Kontakte des Toten, seines Zeitplanes am Tag der Tat und andere kriminaltechnische Belange zu klären.

Ein Kollege übernahm die Überprüfung des Mobiltelefons. Dieser berichtete: „Beim Toten sind an diesem Tag gerade einmal fünf Anrufe auf seinem Mobiltelefon aufgelistet gewesen, zugleich seine letzten Anrufe. Und zwar: drei eingehende und zwei ausgehende.

Die eingehenden: erster Anruf ging um zehnuhrfünfundvierzig Uhr ein, Standort des Verstorbenen: Linz, Hirtstraße eins, das ist dessen Wohnadresse, Gesprächsdauer achtundzwanzig Minuten, vom Festnetzanschluss von Marianne H., Linz, Karl Steigerstraße 70. Der zweite Anruf ging genau um zwölf Uhr Mittag ein, Gesprächsstandort des jetzt Toten: Hirtstraße eins, Gesprächsdauer zwölf Minuten, Mobiltelefon von Heinrich L, Standort Linz, Resselstrasse zwo, Tennisanlage Ebelsberg. Der dritte und letzte Anruf ging um zwoundzwanziguhrsechzehn ein, Standort des Toten: Hirtstraße eins, Gesprächsdauer einhundertzwanzig Sekunden, Mobiltelefon von Karin G., deren Standort: Ebelsberg, Panholzerweg siebzehn, ihre Wohnadresse gemeinsam mit Ehemann Gerhard.

Zwei ausgehende Anrufe vom Telefon des Toten, der erste um zwoundzwanziguhrsiebenunddreißig, Gesprächsdauer achtzehn Sekunden, Standort des Toten: Tatort, angerufene Nummer: Telefon der Karin G., Standort Panholzerweg siebzehn, Ebelsberg und ein weiterer ausgehender Anruf um zwoundzwanziguhrdreiundfünfzig, Gesprächsdauer sechsundzwanzig Sekunden, Standort des Toten: Tatort, angerufene Nummer: Telefon der Karin G., Standort Panholzerweg siebzehn, Ebelsberg. Das Telefon wurde unbrauchbar um dreiundzwanziguhrnullsechs durch Wasserschaden, Standort: Tatort. Das Telefon befand sich in der Hosentasche des Toten, ebenfalls seine Hausschlüsseln und ein Mehrfachfahrschein.

Weiters habe ich die letzten paar Tage überprüft. Tägliche Anrufe von der Adresse Marianne H., stets ziemlich genau um die gleiche Tageszeit, ein weiterer Anruf von dort drei Tage vor seinem Tod am frühen Abend. Mehrere weitere Anrufe, zumeist abends: zwei vom Mobiltelefon einer gewissen Rosa St., Himmelbergerstraße vier b, Kleinmünchen, einer von Gerti P., Blümelhuberstraße achtzehn, Kleinmünchen, einer von einer Leopoldine M., Magerweg zwölf, Kleinmünchen und einer vom Arbeitsmarktservice, Bulgariplatz."

Kommissar Gustav B. war über den präzisen Bericht sehr erfreut und bedankte sich bei seinem Kollegen: „Gute Arbeit Kurt, gute Arbeit! Nimmst Du Dir die Damen einmal vor, ja?

Fang an mit dem ältesten Anruf und nimm Dir die Karin G. als letzte vor, schließlich hat die zur unmittelbaren Tatzeit mit ihm noch telefoniert beziehungsweise hat er sie noch zweimal angerufen. Und dann nimm Dir den Heinrich L. vor, stell Dich bei allen ein bisserl blöd und rücke nicht gleich heraus mit dem, was Du willst. Aber was sage ich das Dir, Du bist ja eh ein Profi und weißt selber, was Du zu tun hast. Kurt, weißt eh, es pressiert!“

*

Zum Zeitpunkt des Gespräches mit dem Pathologen Dr. Leopold L. wusste Kommissar Gustav B. die zuvor geschilderten Tatsachen bereits. Er hatte sich ebenso wie dieser seine logische Gedankenkette auf fünf IKEA-Tafeln organisiert. Geradeso wie der Pathologe, bei dem er sich das System nämlich abgekupfert hatte, schrieb er einen Vorbericht mit den jeweiligen Fakten und Schlagworten, die er sich auf einer Klebefolie ausdruckte, welche er auf eine Metallfolie klebte, ausschnitt und auf die Magnettafel sortierte. Auf der rosa Tafel, die zumeist die längste Zeit leer blieb, war der vermutete Tathergang, auf der hellblauen Tafel der Zeitablauf, auf der hellgelben waren Fotos, Pläne und sporadische Gedanken, auf der neonfarbenen die Stichworte und Gedanken der Kolleginnen und Kollegen des Teams und auf der roten Tafel waren die harten Fakten zu finden.

Er konnte nie sagen, welche Tafel die wichtigste wäre, aber er würde auf keine verzichten wollen. Die Ideentafel, wie er die neonfarbene nannte, schien ihm immer am wichtigsten zu sein. Bei seinem eingespielten Team war zwar stets er derjenige, der am Ende in der Auslage stand und das Lob empfing, aber er gab dieses stets ungekürzt an die Kollegen weiter. In der Bundespolizeidirektion gab es inzwischen einige Kolleginnen und Kollegen, die sein System übernommen hatten.

Das informelle, amikale Gespräch mit dem Pathologen Dr. L. brachte ihm halbwegs Klarheit, dennoch wartete er die Gespräche mit den Damen und insbesondere das mit Heinrich L. ab.

*

Pikant.

Die Damen und Herren Kollegen des eingespielten Teams von Kommissar Gustav B. hatten sich sogleich auf sein Geheiß auf die Socken gemacht und die Tennisdamen einzeln in Zweierteams zu einem Gespräch aufgesucht. Bedingt durch die Dringlichkeit sprachen sie mehr oder weniger diskret bei den Damen vor, fallweise sogar an deren Arbeitsplatz.

Die Damen wussten allesamt bereits, was geschehen war und waren auch nicht verwundert, dass man sie befragte. Bei bestimmten Antworten zierten sie sich allerdings ein wenig. Aber alle bemühten sich, die Begebenheit mit Martin beim Saisoneröffnungsturnier zum Besten zu geben.

Wie Frauen oft über Frauen, ja sogar über Freundinnen, sprechen, weiß man. Es war den Zweierteams nicht gerade leicht, aus der jeweiligen Sichtweise der einzelnen Dame die Realität herauszufiltern und die kleinen, schmutzigen, diebischen Anmerkungen einfach zu überhören. Auch war da und dort ein wenig Neid vernehmbar.

Bei der Befragung über das Thema und den Zweck des eigenen Anrufs bei Martin wollte dann aber keine mehr etwas sagen. Die Herrschaften von der Polizei wollten aber einen ‚Nur-so-halt-Anruf', der dann immerhin fünf bis zehn Minuten oder länger dauerte, nicht gelten lassen und fragten die Damen ein wenig intensiver aus, über verschiedene Details der damit verbundenen Zusammentreffen und so weiter. Mit dem Versprechen, ihre Aussage in allen Fällen diskret zu behandeln, erfuhren die Polizisten dann alles, bis ins allerkleinste Detail.

Was so ein Vereinsleben alles hergibt, wäre richtiggehend Romane füllend.

Und das wichtigste und letztlich den Fall schließlich aufklärende Detail wurde ihnen auch offenbart. Einerseits keck, verschüchtert, leise, beschämt, verniedlichend, aufbauschend und dann aber in allen Facetten, wie es sich so ein Polizistenherz nur vorstellen kann.

Auch die Wirtin Greti wurde befragt. Sie war wegen illegalem Verkauf von geschmuggelten Zigaretten und Krimsekt bereits aktenkundig und gab gleich unumwunden ihre Kontakte zu Martin zu. Sogar einige pikante Details schilderte sie und besonders wichtig erschien ihr, auf Martins Hammer hinzuweisen, als ob dieser für die Aufklärung des Todesfalles von Relevanz gewesen wäre. Sie dachte, sie wäre den Polizisten diese Offenheit schuldig, schließlich hätte sie ja einen besonderen Ruf, auf den sie sichtlich stolz sein konnte.

*

Doch da war noch die Sache mit dem Albaner! Der anstehende Gerichtstermin und die Vorladung als Zeuge von Martin waren als Tatmotiv nicht ganz plausibel, es passte ganz einfach nicht in das inzwischen zusammengestoppelte Puzzle. Das würde vielleicht doch schwieriger werden zu klären. Hinzu kamen natürlich dessen Leumund und sein Vorstrafenregister.

Dieses Gespräch nahm sich Kommissar Gustav B. mit seinen zwei Verhörspezialisten vor. Heinrich L., der natürlich in der Zwischenzeit um den Tod von Martin H. Bescheid wusste, hatte seine Haft in zwei Wochen anzutreten und wollte die Gunst der noch verbleibenden Stunden nutzen. Der Kommissar ließ eine Standortpeilung seines Mobiltelefons vornehmen. Es wurde das Tenniszentrum in der Ferdinand-Markl-Straße in Urfahr ausgemacht, Kommissar Gustav B. machte sich sogleich mit seinen zwei Kollegen auf den Weg. Erstens galt es, was er jedoch nur vermuten konnte, eine weitere Frau vor Unglück zu bewahren und zweitens waren da ein paar heikle Fragen offen.

Die Taktik war alt, aber gut. Während Kommissar B. den zu Befragenden anrief, gingen die zwei Kollegen kurz nacheinander in die Kantine des Tennisvereins. Heinrich L., der Albaner, log den Kommissar frech an, er wäre im Lentos in der Gaststätte. Rasch wollte er sich verdünnisieren, merkte aber sogleich, dass den Polizisten sein Standort bekannt sein dürfte, nämlich genau in dem Moment, als sich die beiden Herren bei ihm einhängten und ihm zuraunten: „Lüg doch nicht unseren Kommissar an, Wurschtl. Komm mit. Keinen Widerstand, sonst fressen wir Dich mit Haut und Haar."

*

Kam nun zu seinen Verfehlungen, Diebereien und Betrügereien nun auch eine Anklage wegen Mordes? Hatte er sich im blindem Zorn auf den Dümmeren, Schwächeren, Hilflosen gestürzt und sich dazu hinreißen lassen, eine derartige Untat zu vollbringen?

Stürzte urplötzlich die so mühsam und künstlich aufgebaute Scheinwelt gerade jetzt, wo er sich vorgenommen hatte, seine Strafe abzusitzen und sich zu bessern, standhaft zu bleiben, sein unstetes Wandern aufzugeben, Arbeit zu suchen und ernsthaft an das künftige Leben heranzugehen, wie ein Kartenhaus ein?

*

Die Welt des Albaners glich in diesem Moment einem Scherbenhaufen, das war das wohl schlechteste Jahr seines bisherigen Lebens! Fast könnte er einem leidtun.

*

Ich habe ihn.

„Hallo, hier Offizier Moser. Ich möchte den Inspektor Hartl.“

„Einen Moment, bitte, ich hole ihn, Herr Offizier.“

„Hundestaffel. Inspektor G. Hartl.“

„Moser, Grüssi.“

„Hallo, Du?“

„Ja, i!“

„Hartl, ich brauch Dich. Dringend. Wie einen Bissen Brot!“

„Super! Wofür? Warum? Wann?“

„Gleich.“

„Jo, und warum?“

„ICH HAB IHN!“

„Wen?“

„Den Karl Bauer. Ich hab‘ ihn einsitzen, in der Ausnüchterungszelle. Schuldig wegen Mordes.“

„Pchch. Wen hat er umgebracht.“

„Das tut nichts zur Sache. Er hat!“

„Wann soll ich kommen?“

„So bald als möglich!“

„Ich bin gleich da, ich hol mir nur schnell noch meinen Hund.“

„Ja!“

*

Kollege Inspektor Horst D., schon geraume Zeit bei der Hundestaffel, hatte das Gespräch mitgehört. Er mochte diesen aufgeblasenen G. Hartl nicht, der sich jetzt auch noch als Chef der Hundestaffel beworben hat und ziemlich sicher den

Posten kriegen würde, weil ihn dieser Udo Offizier Moser protegierte.

Horst D. kannte natürlich die Geschichten über mich. Genauso, wie halb Kleinmünchen über mich lacht, lacht man im ganzen Haus der Bundespolizeidirektion Linz Nietzschestraße 33 über G. Hartl und Erich J. Moser; und leider über alle anderen Polizisten obendrein.

Diese zwei Vollkoffer, waren sich alle einig, machen uns zum Gespött der Leute. Gerade in einer ohnedies so schwierigen Situation gibt es solche Polizisten, die nichts Besseres zu tun haben, als dafür zu sorgen, dass es noch schlechter wird.

Ich war ja selbst, dachte Horst D., schon in Kleinmünchen, als Polizeischüler. Ich habe es dort nicht so schlecht empfunden, die Leute sind doch kommod, nur mit den Auwiesnern dürfte es neuerdings gröbere Probleme geben; aber mein Hund kann die Türken auch nicht riechen.

Aber dass man jetzt auf offener Straße angesprochen wird? Da wird dann plötzlich bei einer x-beliebigen Amtshandlung gesagt: „Na warten Sie nur, tun Sie nur weiter so, dann werden Sie auch nach Kleinmünchen versetzt!“ und wenn heutzutage einer einen Polizisten beleidigen will dann sagt er zu dem einfach nur ‚Kleinmünchner’. Das geht eindeutig zu weit. Den kann man dann nicht einmal wegen Amtsehrenbeleidigung belangen.

Verärgert griff Horst D. zum Telefon und rief seinen Freund, der einerseits eine Funktion als Personalvertreter ausübte und andererseits bekannt war, einen guten Draht zum Präsidenten Dr. Walter W. zu haben, an. Rasch war der Sachverhalt geschildert, rasch war man sich in der weiteren Vorgangsweise einig.

*

Lotto. Siebzehn aus siebzehn.

Die ganze Welt hat mich verlassen. Meine Frau meldet sich nicht. Dr. Buchinger meldet sich nicht. Ich wusste natürlich nicht, dass Polizist Josef H., als er mich abholte, den Post It-Zettel an meiner Pinnwand gesehen und sofort entfernt hatte. Ich sitze da, habe Hunger, habe Durst und die inzwischen von mir reparierte Klingel wurde wieder stillgelegt. Zu allem Überdruss ist mir das Gleiche passiert wie Inspektor G. Hartl bei seiner letzten Vernehmung, als ich ihn hypnotisiert hatte. Nur, ich wurde nicht hypnotisiert, ich musste in meiner Blase einen Druckausgleich vollziehen. Zu deutsch: ich habe in ein Eck in der Ausnüchterungszelle uriniert. Ich hatte gerade noch Zeit, mir das tiefste Eck auszusuchen, damit der Urin nicht auch noch in der Zelle herumrinnen würde.

Der Raum hat eine nicht beziehungsweise nur kaum funktionierende Lüftung. Präventiv hatte ich das dreizehn mal achtzehn Zentimeter große Lüftungsgitter oberhalb meiner Pritsche mit meinem Schraubenziehermesser abmontiert, um ein wenig Luftzug herzustellen. Erst viel später kam mir der Gedanke, dass das Gitter zwecks Lärmerzeugung gut gewesen wäre, wie dereinst die Red-Bull-Dose. Sollten sie mir doch nachweisen, dass ich das Gitter entfernt hatte und nicht irgendein anderer, der vor mir gedünstet hat!

Ich hatte bereits ärgste Beschwerden wegen Dehydration und sah mich überdies im Geiste schon zusammengekauert auf der Pritsche liegen, mit eingeringelten Zehennägeln und halb verfaulten Füßen. Möglicherweise würde ich dann als Mumie berühmt?

Ich glaube nicht, dass in dem Raum da ein großer Luftaustausch stattfand. Aber irgendwie musste es doch funktionieren, dass ich mich bemerkbar machen könne, denn ich vernahm leises Gemurmel. Es stank bestialisch nach Urin. Und jetzt begann ein weiteres Problem sich meiner zu bemächtigen. Obwohl Offizier Moser wahrscheinlich den Vorsatz hatte, mich verhungern zu lassen, begann sich langsam mein Darm bemerkbar zu machen und Druck aufzubauen.

Ich begann nach Hilfe zu schreien. Plötzlich kam mir die glorreiche Idee, in den Lüftungsschacht hineinzuschreien.

„Hilfe, Hilfe, ich muss scheißen!“ Ich hoffte, durch diese ordinäre Wortwahl den Polizisten aufzufallen, das mussten sie wohl verstehen!

Ich hörte feste Schuhe, die sich meinem Gefängnis näherten. Polizist Josef H. schloss auf, um angewidert zurückzutaumeln. „Was ist denn hier los? Warum stinkt es denn hier so?“

„Ich, ich habe keine Ahnung. Darüber wollte ich mich schon vorhin beschweren. Das ist eine Zumutung, Das sind ja Foltermethoden. Ich muss auf die Toilette, aber dringend! Wie können Sie es sich erlauben, mich hier so lange einzusperren. Ohne Wasser, ohne Essen, ohne Toilette. Da können Sie sicher sein, dass ich das nicht vergesse.“

„Erzähl doch das den Herren in Karlau, Stein, Suben, oder Garsten. Wem Du willst.“

Ich schaute ihn lange an und fragte dann: „Sagen Sie, woher kennen wir uns so gut? Ich kann mich gar nicht mehr erinnern, dass wir miteinander Schweine gehütet hätten.“

Mit Handschellen an meinen Händen durfte ich die Notdurft verrichten. Nähere Details dazu sind jedoch für die Klärung des Todes von Martin H. nicht erforderlich. Polizist Josef H. brachte mich in den Verhörraum. Ich durfte ein überraschendes Wiedersehen mit dem Polizisten G. Hartl feiern. Ein gepresstes ‚Hallo‘ von beiden Seiten beschrieb unsere Stimmung.

*

Offizier Erich J. Moser hatte bereits entsprechende Vorkehrungen getroffen, die Kollegen mit ‚Predictive Policing', dem bereits legendären ‚Herzblatt-Verhör', ‚Data Mining' und seiner neuesten Spezialverhörvariante, der Methode ‚Siebzehn-minus-vier' vertraut gemacht und in die Grundzüge der Kriminalpsychologie eingeweiht.

Auf einer – sogar mit seinem privaten Laminiergerät eingeschweißten – Checkliste schienen die einzelnen Punkte der Methode ‚Siebzehn-minus-vier' auf. Diese wären dabei besonders zu beachten. Sie waren mit einer – daher der Name – dreizehn Punkt großen Arial-Schrift geschrieben.

Moser nahm mir gegenüber Platz und richtete die grellen Scheinwerfer direkt in mein Gesicht.

„Sie blenden mich!"

Der findige Offizier nahm seine Checkliste, die er bereits vor sich verkehrt auf dem Tisch liegen hatte, in die Hand, drehte sie nach oben und ging die Punkte durch.

Er murmelte: „Geblendet, geblendet. Ah da."

Auf dem Zettel stand ‚reflexhafte Veränderung der Pupillen. Moser schaute mir extra noch einmal in die Augen. Auf einem karierten Block machte er bei der Zahl dreizehn ein Hakerl.

„Wo, verdammt noch mal ist Dr. Buchinger? Sie wollen doch nicht wegen Amtsmissbrauchs vor Gericht?"

Moser drehte wiederum seinen laminierten Zettel um und ging die Punkte durch. Dann murmelte er: „Erhöhte Stimmlage." und machte bei der Zahl sechs ein Hakerl.

„Herr Bauer, ich erspare Ihnen jetzt die Aufnahme der Nationale, die haben wir bereits zur Genüge. Aber ein paar Fragen habe ich schon noch an Sie."

„Ja, aber ich habe auch eine Frage an Sie, und ehe Sie mir diese nicht beantworten, werde ich auf Ihre Fragen nicht antworten."

„Aber schauen Sie doch, Herr Bauer, ich will Ihnen doch nur helfen. Und wenn Sie nichts sagen, kann ich Ihnen nicht helfen und muss Sie wieder runter in die Zelle bringen."

„Na, schauen wir einmal."

„Warum haben Sie ihn umgebracht?"

Ich erschrak. „Wen denn, wenn ich bitten darf?"

Moser machte ein Häkchen bei Zahl drei, da steht ‚peinlich genaue Grammatik deutet auf eine Lüge hin'.

„Den Martin H."

„Den Martin H?"

Moser machte ein weiteres Häkchen bei der Zahl drei. Zur Erläuterung stand dort, dass der Befragte durch das Wiederholen der Frage Zeit für eine Antwort gewinnen möchte.

„Ich habe den nicht umgebracht, nie!" rief ich mit beinahe überschlagender Stimme.

Moser machte ein Häkchen bei Punkt sechs. Dort stand: Lügen erkennt man auch an erhöhter oder heiserer Stimmlage.

„Haben Sie am Soundsovielten um zwanziguhrzehn eine Fußgängerin beinahe angefahren?"

„Nein. Weiß ich nicht mehr."

„Nach der Tuchfabrik, Sie sind nachweislich dort mit ihrem Fahrrad gefahren. Eine Zeugin hat Sie erkannt."

Ich stotterte: „Jjjja. Aaaaber die iist mmir in dden Weg gelllauffen."

Moser machte bei Punkt zwei ‚Lügner stottern und stammeln' ein Häkchen.

„Haben Sie den Martin H. umgebracht?"

„Nein, ich habe den nicht umgebracht, nein, sicher nicht, warum hätte ich das tun sollen?"

‚Lügner beteuern besonders heftig ihre Schuldlosigkeit' Punkt eins: Häkchen.

„Haben Sie eine Luftpumpe?"

„Eine Luftpumpe?" Häkchen bei Punkt drei, Frage wiederholt.

„Ich frage, Sie antworten!"

„Ja."

Moser schrieb auf: ‚Stimmt jemand zu, so geht das mit einer minimalen körperlichen Reaktion einher.' Punkt acht. Und machte ein Häkchen.

Ich ließ mich in den Stuhl ein wenig zurückfallen und fasste dann die Stuhllehnen fest, um mich zu halten.

Moser bei: ‚Ringen mit den Händen und das Verwenden von ausladenden Gebärden' weisen auf eine Lüge oder ein Zugeständnis. Punkt fünf: Häkchen.

„Aber Sie können sich sicher sein, dass ich ihm nichts getan habe!" Punkt eins: Häkchen.

Und: ‚Eine peinlich genaue Grammatik deuten auf eine Lüge hin' Punkt sieben: Häkchen.

*

Es folgten weitere Fragen hinsichtlich dessen, was ich in der Pfarre Marcel Callo getan hatte, was es mit diesen Büchern auf sich habe, wie ich zu diesem Vortrag gekommen wäre, warum ich ihn gehalten habe und nicht Helfried H.

Dann folgten noch Fragen zu meiner Mitgliedschaft im Tennisklub. Häkchen bei meiner zögerlichen Antwort hinsichtlich meiner Spielstärke und ein heiser gestammeltes ‚öfters' bezüglich meiner Spielfrequenz, Anmerkungen zu meinem Verhältnis zu Frau Marianne H., meine Meinung, welche ich mir über sie gebildet habe, ob ich wisse, wer Marcel Callo sei und was ihm passiert wäre. Und wo ich meine Luftpumpe verwahre.

„Meine Luftpumpe? Was ist mit meiner Luftpumpe?"
„Ja, wo haben Sie ihre Luftpumpe entsorgt?"
„Ich habe meine Luftpumpe nicht entsorgt"
„Doch, wir haben keine auf dem Gepäckträger ihres Fahrrades gefunden. Wo ist sie also?"
Zorn stieg in mir hoch. Was hat meine Luftpumpe mit dem Tod von Martin H. zu tun?
„Meine Luftpumpe, und damit das klar ist, die Luftpumpe, die meiner Frau genauso gehört wie mir, ist im Kofferraum unseres Autos. So wie immer."
„Ist das eine neue?"
„Ja, ziemlich. Viellcicht zwei Jahre alt."
„Und wo ist die Luftpumpe, die sie am soundsovielten um soundsoviel Uhr auf ihrem Gepäckträger gehabt haben?"
„Da habe ich keine draufgehabt."
„Sicher nicht?"
„Sicher nicht!"
„Aber eine Axt!"
„Nein, auch nicht."
„Ein Fleischer- oder Bowiemesser?"
„Auch nicht."
„Ein Maurerfäustl?"
„Nein. Wozu?"
„Ich frage, nicht Sie. Was dann?"
„Ein leeres Jutesackerl vom SPAR."
„War da die Luftpumpe drinnen?"
„Nein."
„Was dann?"
„Nichts, aber da habe ich nämlich vorher ein Buch drinnen gehabt."
„Welches?"
„kichwa suka kichaa."
„Welches?"

„kichwa suka kichaa."
„Ich verstehe Sie nicht. Sagen Sie das nochmals."
„kichwa suka kichaa. Ach, vergessen Sie mich doch. Das ist Suaheli und bedeutet ‚Der Wahnsinnige schüttelt den Kopf."

Offizier Moser wollte das buchstabiert haben. Diese Aufforderung ignorierte ich voll, so als ob ich sie nicht gehört hätte.

Er machte zu allen seinen Fragen und den diesbezüglichen Hinweisen auf seinem Formular seine Häkchen.

Er registrierte, wenn ich mich nach vorne beugte, nach links oder rechts oder zurücklehnte, wenn ich – seiner Meinung nach – unnotwendig Luft holte, leise oder laut sprach, mit tiefer oder heiserere Stimme, einen Blick nach oben rechts machte, weil da konstruiere ich, wie er dazuschrieb, Bilder in die Zukunft, hingegen wenn ich nach oben links schauen würde, würde ich mich an Bilder, die ich kenne, erinnern.

Besonders mein Blick, als ich zugab, eine Luftpumpe zu haben, erstaunte ihn. Ich habe keine Ahnung, aber das muss ein ganz besonderer Blick gewesen sein. Und, – offenbar das pure Geständnis!

Er registrierte, wenn ich meinen Blick nach unten rechts richtete, weil ich ja da an ein Gefühl denke, hingegen wenn ich den Blick nach unten links tue, mich an Töne, Stimmen und Geräusche aus der Vergangenheit erinnere.

Am allermeisten hatte ich Angst davor, meinen Blick nach unten rechts zu richten, denn da würde erstens Offizier Moser mir gleich zwei Punkte geben und vermerken, dass ich einen inneren Monolog führe und dabei hierarchisch, strukturell oder sequenziell denke.

Am Schluss dieser Befragung war fast ein ganzer Block ausgeschrieben und am Rand vollgeschmiert mit den mehrmals eingetragenen Sternchen bei eins bis dreizehn.

*

Befriedigt wandte sich Moser um und starrte in den Spiegel. „Predictive Policing, Data Mining, Herzblatt-Verhör und System ‚Siebzehn-minus-vier' führen stets zum Erfolg. Offizier Erich J. Moser ist der Größte, Herr Bauer, Sie können mir gratulieren, es ist für Sie eine große Ehre, von mir überführt worden zu scin!"

„Depp!"

„Verzeihung, ich habe Sie nicht verstanden. Was sagten Sie?"

„Ich sagte: Pchch!"

„Was soll das?"

„Ich habe ausgeatmet. Häkchen bei dreizehn!"

„Ach so."

„Und Punkt achtzehn haben Sie auch nicht beachtet!"

„Und der wäre?"

„Meine Hände! Wie ich meine Hände während des Verhörs bewegt habe. Haben Sie das nicht gesehen? Aber das können Sie nicht gesehen haben, weil sie ständig auf ihren laminierten Wisch gestarrt haben. Schauen Sie, da! Sie wissen also gar nicht, was das nach den neusten Erkenntnissen der Kriminologie bedeutet?"

„Nein, Was denn leicht?"

„Das soll der beantworten, dessen Name auf ihrem Bezugszettel draufsteht."

„Wer soll das sein?"

„Das ist jetzt die Hausübung, das beantworten Sie mir beim nächsten Verhör. Und gleich dazu, ob ich die Hände ruhig gehalten habe oder nicht, das haben Sie möglicherweise übersehen. Weil diese Bewegung", sagte ich, und machte die Bewegung, als wenn ich wie ein Zauberer ein Seidentuch in die hohle Hand stopfen würde, „bedeutet: wird der Verhörte plötzlich barsch, dann ist der Polizist ein .... Ja, so ist es."

„Schauen Sie, Sie reagieren genauso wie erwartet, da kommen Sie nicht mehr heraus. Frau H. hat Sie übrigens eindeutig identifiziert. Sie hätten sie beinahe mit dem Fahrrad überfahren. Streiten Sie das doch nicht ab."

„Nein, das stimmt wirklich. Die ist doch mit einem mordsmäßigen Seegang auf dem Radweg gegangen, ich habe eh geklingelt und bin ihr ausgewichen."

„Noch eine letzte Frage. Wer ist das?" sagte Moser und legte mir ein Bild von Martin H. hin.

„Martin H."

„Kennen Sie den?"

„Naja."

„Was heißt naja?"

„Mehr oder weniger."

„Was heißt mehr oder weniger?"

„Er ist bei uns im Tennisklub. Das ist schon alles, was ich dazu weiß."

*

Plötzlich entstand außerhalb des Verhörraums ein Tumult, dessen Lärm bis nach innen drang. Eine Polizistin kam herein und bat Offizier Moser hinaus.

*

Predictive Policing, Herzblatt-Verhör und System Siebzehn-minus-vier.

Genau in diesem Moment betraten zwei Polizisten, gefolgt von Präsident Dr. Walter W., Kommissar Gustav B. und Dr. Buchinger den Verhörraum. Ein Stein fiel mir vom Herzen. Endlich war Dr. Buchinger da.

Präsident Dr. Walter W. rief in Befehlston: „Moser. Bericht!“

„Karl Bauer ist überführt, in allen siebzehn Punkten.“

„Welche siebzehn Punkte?“

„Eine neue Spezialmethode von mir.“

„Überführt des?“

„Des gemeinen, niederträchtigen, heimtückischen, hinterlistigen, teuflischen Mordes am soundsovielten um soundsoviel Uhr des Nachts, mittels einer Luftpumpe begangen an Martin H.“

*

Nach der Entschuldigung von Präsident Dr. Walter W. und dem sanftem Hinausbugsieren von Offizier Erich J. Moser aus seinem eigenen, von ihm nach seinen Spezialvorstellungen eingerichteten Verhörkammerl erläuterte Kommissar Gustav B. den Sachverhalt.

„In Kurzversion: Also zuerst das eine, der so genannte Albaner wurde zunächst als tatverdächtig auf Herz und Nieren abgeklopft, hatte jedoch ein felsenfestes Alibi und schied als Täter aus. Martin H. wurde von Karin G., die, so wie mehrere andere Damen des Tennisklubs gewisse Nicht-Ball-Spiele mit ihm trieben, zu ihren Treffpunkt, der Bank nahe der Brücke über den Weidingerbach bei der Tuchfabrik bestellt.

Karin H. hatte jedoch – wider Erwarten anderer langjähriger Gepflogenheiten – überraschend Sex mit ihrem Mann, also ein stichhaltiges Alibi und kam deshalb nicht, wie ausgemacht, zum Treffpunkt. Martin H. rief noch zweimal bei ihr an, sie meldete sich jedoch nicht, es wurde ihm vermutlich fad. Es hat jemand bezeugt, ihn auf dem Brückengeländer sitzen gesehen zu haben.

Und weil er offenbar schon so scharf war, dürfte er – sein Hosentürl war noch offen – Hand an sich selbst gelegt haben; wenn Sie verstehen was ich meine. Wie wir von den Tennisdamen, die wir unabhängig voneinander befragt haben, erfahren konnten, ist er ein schneller Brüter, ein so genannter Heißläufer. Das heißt, er verdreht, wenn es so weit ist, die Augen und wird ohnmächtig.

Das war der Anlass, dass er vom Brückengeländer herunterrutschte, mit dem Kopf auf einen Stein aufschlug und in dem seichten Bach dann ertrank. Ein tragischer, trauriger Unfall."

*